「……宝石？」

本物を間近で見たことはあまりないが、これはきっと。

「ダイヤ、モンド？」

キラキラと光を反射し、たっぷりと輝きを放つそれが、何故《なぜ》かナーサディアの手の甲にある。

昨夜、眠る前にはこんなものなかった、そう記憶している。

ティミス
カレアム帝国の第三皇子。かねてより宝石姫の居場所を探していたところ、ハミル侯爵家内に一人の宝石姫がいること、そしてその宝石姫が侯爵家でひどい仕打ちを受けていることを知る。
バートランド
塔の使用人。塔に幽閉されているナーサディアの数少ない味方としてナーサディアを支えている。
ナーサディア
ハミル侯爵夫妻の間に生まれた双子の妹。生まれつき顔に刻印があり、両親のエディルとランスターから化け物姫という扱いを受け、塔に幽閉される。しかしある日「宝石姫」として覚醒したことで、髪と目の色が変わり顔の刻印もない新たな容姿へと変化する。

エディル
ナーサディアとベアトリーチェの母親。別名「妖精姫」と呼ばれていたほどの美女。
ベアトリーチェ
ナーサディアの双子の姉。元々双子として仲良くしていたが、ナーサディアが塔に幽閉されて以降は成長するにつれて疎遠になっていった。
アルシャーク
ベアトリーチェの結婚相手。ハミル侯爵家が属するウォーレン王国の王太子。

「ナーサディア、来てくれる？」
「はい、私で良ければ
連れていってください。
……お役に、立てますか？」
「役に立てるとか、
そんなのどうでもいい！
僕は君が良いんだ、ナーサディア」
改めて差し出されたティミスの手に自分の手をそっと乗せたナーサディアは、
長らく浮かべたことのなかった笑みを、ぎこちなく浮かべてみせた。

宝石姫は、砕けない
みなと
illustrator. 唐崎

Contents

Design：百足屋ユウコ＋タドコロユイ（ムシカゴグラフィクス）

The Jewel Princess is unshatterable.

第一章

ウォーレン王国の由緒正しき侯爵家、ハミル家。

現当主夫妻は王国でも評判の美男美女の組み合わせ、かつおしどり夫婦として有名だった。妻は妖精と呼ばれるほどの美貌を持つ、社交界の薔薇《ばら》エディル。夫は、王国文官のトップに君臨する、ランスター。

彼らが婚約を結んだ時、幾人もの淑女や貴族の男性が泣いたとも言われているが、二人が並んだ姿はまさに圧巻の一言に尽きたそうだ。

結婚式当日、純白のドレスを身に纏《まと》い、ロングトレーンを引きながら真《ま》っ直《す》ぐ背筋を伸ばして堂々と歩くエディルは尊厳と自信に満ちていたし、その彼女を慈しむような眼差《まなざ》しで優しく見守る夫となるランスターは幸せに包まれていた。

彼らの結婚式には国王夫妻も参列し、まさに国全体が祝福しているようであった、と皆が口を揃《そろ》えて語った。彼らを恋い慕う者たちには悔しさもあったが、あまりにお似合いな二人に閉口し、最終的には祝い一色のムードであったという。

結婚後の生活も順調そのもので、さほど時間をおかずに夫妻は子供を授かることとなった。月日が流れるにつれて大きくなるお腹《なか》をさするエディルの顔には、産まれてくる我が子に早く会いたいと書かれているようで、見守るランスターにも、侯爵家に仕える使用人達《たち》にも微笑《ほほえ》みが絶えることはなかったという。

そんな夫妻の間に誕生したのは双子の娘。出産の場に立ち会っていたランスターは嬉《うれ》しさから泣き崩れ、命がけで自分たちの子を産んでくれたエディルにずっとお礼を言っていた。ありがとう、頑張ったね、と泣いて言う夫につられて妻も家令も涙を止められなかったが、ただ一人だけ、赤子を取り上げた産婆は困惑していた。

少しずつ広がっていく違和感に、泣いていたランスターも現実へと引き戻される。一体何があるのかとそちらに視線をやれば、二台のベッドに寝かせられている我が子らがいた。名前はもう決めてあったので、取り上げられた順に名付けた。

ベアトリーチェと、ナーサディア。産まれたばかりでまだあまり動けない双子は、今は眠っているのだが若干の違和感があった。

ナーサディアの顔に、何か刻印のような模様が浮かんでいたのだ。こういった刻印を他に見たことがあるかと問いかけるも、産婆は分からないと首を横に振るだけ。

「分かりません……。もしかしたら産まれてくるときに何らかの要因で内出血をしてしまって、それが刻印の模様のように見えている可能性もございます」

「そんな……」

聞いたエディルは産まれたばかりの我が子に対して申し訳なさが溢《あふ》れてくる。自分がきちんと産んでいれば、と落ち込むがこればかりはどうしようもないことである。いつか、この不気味な刻印が消えることを願って、双子は大切に育てられることとなった。

一人は母の美貌を全て受け継いだような、幼い頃から『妖精姫』という二つ名で呼ばれるほどの美姫《びき》、ベアトリーチェ。

もう一人は、ベアトリーチェと同じ容姿ではあるが、顔の左半分に浮かび上がる謎の刻印をもって生まれてしまったナーサディア。

皆ベアトリーチェのことは妖精姫と呼ぶのに、顔に刻印があると不気味がられたナーサディアは『化け物姫』と呼ばれるようになってしまった。初めて出向いたパーティーでは、主催者の息子がナーサディアを見た瞬間に怯《おび》えてジュースをかけ、ありとあらゆる罵詈雑言《ばりぞうごん》を叩《たた》きつけた。

精神的なショックからかナーサディアはその場で倒れてしまい、ハミル侯爵家はその家との付き合いを絶ったのだが、両親は心の中に何か棘《とげ》みたいなものが刺さったような、奇妙な感覚に襲われていた。

子供故の無邪気さのせいとはいえ我が子が傷つけられてしまったのは、到底許せることではないが、何故《なぜ》か納得してしまっている自分たちがいるのだ。ベアトリーチェとナーサディア、差別するようなことはしたくなかったのだが、他人に言われてしまうとどうしようもないという気持ちに襲われてしまうのだ。

ベアトリーチェとナーサディアが成長したある頃、両親は眠る二人の姿をじっと見下ろしながら小声で会話をしていた。

「あなた……」

「……ナーサディアに罪はない。だが……」

「『ハミル家の妖精姫と化け物姫』だなんて……」

「あぁ……ベアトリーチェの将来に翳りが出てしまうではないか！」

憎しみの籠った眼差しでナーサディアを見つめる両親。

ナーサディアが何をやらかした訳でもない。両親や周囲の人に見守られながらベアトリーチェと一緒に育ち、勉強も礼儀作法も頑張っているし、家庭教師の先生からも褒められている。勿論《もちろん》、成績も良《い》い。

だが、ただ一つ。顔の刻印だけがナーサディアの欠点となってしまっているのだ。本人はもうすっかり顔の刻印は見慣れてしまっているせいで気にしていなかったのだが、周りは可哀想《かわいそう》なものを見る目で見ていた。

いつか薄くなると信じていた、ナーサディアの刻印。薄くなるどころか濃くなっていたし、治癒魔法をかけても神殿で祈っても、高名な医者に見せても刻印は消えなかった。待ってもやってこない『いつか』を待ち続けていたエディルの心は早々にくじけた。どうしても治したかったそれが治らないという現実を認めたくなかった気持ちが強すぎて、いつしか愛情は憎しみや怒りへと変貌していってしまったのだ。

生まれつきの刻印はどうしようもない。分かっているつもりであった。ある医者には『生まれついてのこれに関しては治療の方法がない。せめて、刻印が薄く見えるような化粧をして差しあげてください』と言われてしまった。幼児には副作用がキツいとされていた塗り薬も飲み薬も、母の言うことならばとナーサディアは試した。時には副作用で嘔吐《おうと》し寝込むこともあったが、泣き言は一切言わなかった。それだけ母が好きだったから。

願いむなしく薬は何の効果もなく、侯爵夫妻の心は蝕《むしば》まれていく。どれだけ努力しても良くならないそれに対して、怒りが膨れ上がってきてしまったのだ。怒りを我が子にぶつけるだなんて、正気の沙汰ではないことくらい理解しているが、理解することと『刻印を消す術《すべ》がない』ということは別物だった。せめて刻印が少しでも小さくなってくれれば、という淡い想《おも》いですらも叶《かな》わぬ願いとなってしまった状態で、夫妻の何かが壊れた。

「薄く見えるような化粧を、だなんて軽々しく……ふざけないで、そんなもの買えば、すぐにあることないこと広まってしまうじゃないの……！　社交界を舐《な》めないでいただきたいわ！」

「あぁ。それならば……」

「ナーサディアを、もう社交の場には出さないわ。ベアトリーチェと同じ教育は受けさせるにしても、ハミル家の敷地内《しきちない》に閉じ込めて一生家のための道具として扱う。……そう割り切るようにしなければ」

「このような不気味な刻印を持つ化け物、我が子ではない」

冷たい二対の眼差しが、幸せそうに並んで眠る二人の幼子の片方にだけ降り注ぐ。こうして見ていると、刻印の有る無しで見分けがついてしまうが、刻印さえなければ一卵性双生児の可愛《かわい》い可愛い娘たちが眠っている姿だというのに。

刻印があるだけで、こんな醜い顔に見えてしまう。愛しい気持ちと憎い気持ちが相半ばし、憎しみが勝ってしまった侯爵夫妻は、我が子の寝室を後にした。

翌日から、表向きは変わらず優しい父と母ではあったものの、内心での接し方はすっかり変わった。

ナーサディアとベアトリーチェ、二人は膨大な魔力に恵まれていた。

両親の魔力はほどほどであるが、父の父、双子からすれば祖父が王国の歴史でも数少ない大魔導師の地位に就いており、恐らくその血の才に恵まれたのではないかと両親は喜んでいた。ゆくゆくはベアトリーチェが現在空位となっているその地位に就くのだと本人にも言い聞かせ、ベアトリーチェには特に魔法の勉強をさせていた。勿論、ナーサディアにも同じように。二人で切磋琢磨《せっさたくま》させて高みを目指すようにさせていた。


——そう、ほんの昨日までは。


ウォーレン王国の民は、貴族でも平民でも魔法が使える。魔力の大きさで差別されることはない、魔法学院に入学する時のテストで差が出てしまうくらいだ。魔法を必要とする職を志す者にとって、欠点となりうるくらい。ただそれだけ。

魔力を増やす方法として知られているのは、限界ギリギリまで魔力を消費し、スッカラカンの状態にしてから就寝すること。

こうすれば翌朝目が覚めた時にほんの少しだけ、魔力の最大値が上昇すると言われている。とはいえ、上昇する魔力値の最大量は個人や周りが想像する量よりもあまりに少なく、この方法で最大値を大幅に増やした例が存在しないため、行う者はほとんどいない。

けれどもベアトリーチェもナーサディアも、つらいこともあったがこの方法で順調に魔力の最大値を伸ばしていた。

まず顕著に成長をみせたのがベアトリーチェだった。

その才は教えていた教師が喜んで両親に報告し、いずれは国一番の魔法学院へと進学させようとまで話すほどに。

ナーサディアも負けていなかった。その教師は刻印の有無で判断しない稀有《けう》な人物で、ナーサディアに対してもたっぷりと知識を、経験を教え込んでいった。魔力の最大値はベアトリーチェほど増えなかったにせよ、ありえないほど魔法の使い方が上手《うま》くなったのだ。いかに少ない魔力で最大の効果を生み出すのか、それを構築するのが超人レベルで上手なナーサディアも、その教師にたっぷりと褒められた。二人で国の大魔導師になろう！　と仲良く指切りをしたのだが、その約束はあまりに呆気《あっけ》なく消え去ってしまったのである。

「え……」

「お父様、お母様、どうして⁉」

いつもと同じ朝の、何の変哲もない朝食の席で、表面上はいつも通りの両親が告げた言葉に、ナーサディアは愕然《がくぜん》とする他なかった。

いきなり、『明日からナーサディアはベアトリーチェと離れて暮らす。とはいえ敷地内に建てられている蒼《あお》の塔なのだから問題はないだろう』と言われて不安に思わない子どもはいないと思う。

オロオロとするナーサディアにそっとランスターは歩み寄り、肩に手を置いて申し訳なさそうな表情を浮かべた。

「いきなりで驚いたと思う。だが……ビーチェはこれから王太子妃になるための教育を受けなければならなくなったんだ。先日のパーティーで、王太子殿下に見初められてね……」

表情も声音も申し訳なさそうなのに、双子を引き離せることに関しては嬉しさを隠しきれていない両親。ベアトリーチェが何やら雰囲気のおかしい両親の様子に訝《いぶか》しげな顔をするも、話している内容は事実なのかはわからない。

確かに、数日前に行われた王宮でのお茶会で王太子に会い、『また会いたい』などと色々言われたが、王太子妃候補になるなんていう話は一切聞いていない。もしかしたらベアトリーチェのいない場で、大人同士で内密に話されたのかもしれないが、それにしても急すぎる。そんなにも早くことが進むのだろうか。

あのお茶会に何故か招待されていなかったナーサディア。

まずそこに疑問を抱くべきだったのかもしれないが、思う前に母親から『ごめんなさいね。ナーサディアにどうしても教えたいことがあるみたいなの。ほら、貴女《あなた》たちをいつも教えてくれている魔法の先生がいるでしょう？　確か……ナーサディアの魔法の新たな可能性ができたとか……』と言われてしまえば、素直にそれを信じた。疑いもせず、『母が言うことなら』と信じてしまったせいでナーサディア本人に確認することもしなかった。もしも、が叶うのであればその時に聞いていれば何かがおかしいことに気付けたかもしれない。気付かせないようにすることに関して、エディルはとんでもなく長《た》けていた。幼い我が子を丸め込むなど、造作もないこと。純粋なベアトリーチェは母の言うことをあまりに簡単に信じた。

そうして、王宮へと出向き、王太子の婚約者候補が揃ったお茶会へと参加したのだ。

違和感を持つことなく、ベアトリーチェは婚約者候補の令嬢や王太子と会話を弾ませた。その結果と家柄や人柄など様々なことが考慮され、王太子妃候補として名を連ねることになったのである。

今急にそのことを聞かされたベアトリーチェは混乱した。まず、ナーサディアと離れることに納得などできるわけもなかった。

大切な愛しい己の半分、たった一人しかない片割れ。ナーサディアの代わりになるような人なんか、この世に存在するわけも無い。

けれど、王族との婚約を断れるような立場でもない。何せ自分の家は侯爵家。王族と結び付きを得られるのであればそれは何よりも素晴らしき宝となる、と言い聞かせられていたベアトリーチェは、ナーサディアを見る。ナーサディアも、まさかいきなりこのようなことになるとは予想もしておらず、目に涙を溜《た》めていた。

「ナーサディア、お前は聡《さと》い子だ。ベアトリーチェのお勉強の邪魔をしないと……誓えるね？」

「……っ、……はい」

か細い声で呟《つぶや》き、こくりと頷《うなず》いたナーサディアを優しく父は抱き締める。その光景だけ見れば、姉妹と離れる我が子を慰めるようにも見えたであろう。

だが、そんなに優しくしてやるつもりなど、ランスターにはなかった。もうこれで、コレを見なくて済むという歓喜に満ち溢れていたのだから。耳元で、小さな声でナーサディアだけに聞こえるようにこう続けた。

「安心しろ、お前もお前できちんと魔法教育から貴族社会の常識、王国史、ありとあらゆる知識を叩《たた》き込《こ》んでやろう。お前の大好きなベアトリーチェのための道具として」

ナーサディアからは父の顔は見えなかったのだが、抱き締められた体が離れた時、それが見えてしまった。母の顔もよく見えた。ベアトリーチェからは、母の顔も父の顔も見えない。

だから、ベアトリーチェだけが知らなかった。ベアトリーチェだけは、ナーサディアが両親に慰めてもらっていると思い込んでいたのだが、それはもう、この瞬間から決してありえないこと。

——父も母も、歪《ゆが》み切《き》った笑顔を浮かべていたのだから……。

そんなことなど感じさせないように、明るい声が響く。

「さぁ、朝ご飯を食べたら二人とも支度をしましょうね。ベアトリーチェはお母様と準備をしましょうか」

「はぁい」

告げる母の声は不気味なほど優しい。ナーサディアは体験したことのない恐怖に襲われたが、ここで嫌がっても何も変わらないことだけは分かった。ベアトリーチェは違和感を抱いていないらしい。当たり前といえば当たり前だ。美しいベアトリーチェに、母はとても優しいのだから。そう思っていたせいか、用意されていた美味《おい》しいはずの朝食は全て何の味も感じられず、砂のようにじゃりじゃりとするだけ。

人形のようにただ咀嚼《そしゃく》して飲み込み、何をどう準備したのか覚えのないまま、必要最低限以下の荷物を持って塔へとやってきた。目の前の塔を見上げ、思わず、ほぅ、とため息が出る。

蒼の塔と呼ばれている石造りの、総階数四階のそれ。一階には食料などの保管庫や備蓄品などを入れるための部屋が、二階にはキッチンや使用人たちが寝泊まりする部屋、三階はただ広い部屋がある。ここで魔術の練習もできるし運動もできる。四階に上がれば浴室や寝室などの部屋。この最上階の広い部屋がナーサディアの部屋となる。なお、困らないようトイレもしっかりと全ての階に完備されている。

蒼の塔は、別に謂《いわ》れがあってこうした名前がつけられた訳でもないが、一説によれば昔は塔全体が蒼く輝いていたためにこの名がつけられた、もしくはいつしかそう呼ばれ始めた、と言われている。あくまで伝承なのでどれが確かな情報なのかは定かでなく、当時、塔を管理していた魔術師である祖先の一人の魔力に反応し、塔を構成している鉱物が蒼く光り輝いた、という話もある。

この塔には魔力封じも施されていない、すきま風が入り凍えることもない、夏の暑さに泣くこともない。窓も普通にあるし格子が嵌《は》められている訳でもなく、両親はただベアトリーチェとナーサディアを引き離したかったのだ。

否、『ただ』というより『現時点では』なのかもしれない。

ベアトリーチェは王太子妃候補としての教育が始まり、家庭教師の数も増やされ、毎日忙しい日々を送っているそうだ。どうして本邸にいないナーサディアが知っているのかといえば、会いに来てくれたベアトリーチェから聞いたから。

勉強の合間に、夕飯の前の少しの空き時間に、ナーサディアの元に駆けてきてくれる双子の愛しい片割れの姿に、ナーサディアはいつも救われていた。捨てられたのではないと、そう思えるから。本邸から走ってくる片割れの姿を見つけると、ナーサディアは大きく手を振る。すると、ベアトリーチェも大きく手を振りながら駆けてくる。

塔に入って四階まで駆け上がってきてくれ、双子は抱き合ってじゃれ合う。そんな二人に塔にいる使用人たちはお菓子やお茶を用意してくれるのだ。

そこで色々な話をベアトリーチェから聞くことがナーサディアの日課になりつつあった。

王宮で見つけた珍しい草木や、使っている食器の豪華さ、些細《ささい》なことでもベアトリーチェは楽しそうに語り聞かせてくれる。

忙しくて疲れているだろうに、いつも笑顔を絶やさない片割れを見て、『ああ、本当にベアトリーチェの邪魔だけはしてはいけない』と自身に言い聞かせた。塔の中で不自由なく暮らせているのだから、我儘《わがまま》など言ってはいけないのだと言い聞かせた。

世話役として執事であるバートランドとメイド二人、カリナとチェルシー、そして料理人ドミニク。この四人がきちんと本邸から派遣されているから、ナーサディア自身の日常生活に差し障りが出ることは、ほとんどない。派遣されてきている人たちは、生まれた頃からナーサディアの顔の刻印を見ても嫌がらず、慈しんでくれた人たち。他の使用人たちはナーサディアが成長するにつれ、わざと聞こえるように刻印についてあれこれ言ってきていたので、あまり好きではなかった。塔に行くときに荷物を運んでくれた老執事にお礼を言うと、何も変わることなく『これからもよろしく

お願いしますね、お嬢様』と言ってくれた。その一言でどれだけ救われただろうか。

父や母よりも精神的にも肉体的にもナーサディア本人を見てくれて、大切にしてくれた人たちだ。だから、ナーサディアは彼らのことが大好きで、そして何かを返したいと思っている。

彼女が返せるとすれば、ベアトリーチェと同じような水準の教育をするためにやってくる家庭教師たちの教育を確《しっか》りと受け、万が一のことがあったとしても家名に恥じないような淑女として振舞えるようにすること。

ナーサディア付きだから、と言われないようにしなければならない。ベアトリーチェにも迷惑をかけないようにしなければならない。

幼くも聡いナーサディアは、色々なことに必死に取り組んでいた。勉強も、魔法の訓練も、礼儀作法も。自分にできることを必死になってやっていれば、いつかは父も母も、気にかけてくれるかもしれないと、淡い期待を抱いて。

この塔で世話をしてくれる使用人である四人のことも大好きだったが、ナーサディアは母であるエディルも、父であるランスターも大好きだった。この塔で暮らすことを受け入れたのも、嫌がらなかったのも、いつか父と母がナーサディアに対して『頑張っているね』と、微笑みかけて、ベアトリーチェにするように褒めてくれると、そんな期待も抱いていたからだ。

そういえば、母であるエディルは見た目にすごく気を遣っているな、とナーサディアは思い至る。ベアトリーチェになくて自分にあるもの、それが顔半分を覆わんばかりの刻印。もしも、これがなければ……と幼心ながらに思ったナーサディアは、ある日、バートランドの元に駆け寄った。

「ねぇ、バートランド。あの……」

「おや、どうなされました、ナーサディア様」

「あの、えぇっと……顔、とか……あの……見た目を誤魔化《ごまか》す魔法……、とか……ってないのかな」

「……はて」

一体どうしたのだろう、とバートランドは首を傾《かし》げた。

ナーサディアは魔法の訓練も嫌がらずに受けているが、まずはベアトリーチェの教育内容に合わせて色々と進んでいくはずだ、と頭の中のカリキュラムを思い起こす。普段は黙々と課題に取り組んでいるナーサディアが、珍しく自分から話しかけてくれたのだから、誠心誠意応えようと思い問いかけを反芻《はんすう》する。

「見た目を、誤魔化す……ですか?」

「例えば、例えば……なんだけど、傷を消したりとか……」

「消す、というのは相当高位な治癒魔法になりますが、……そうですね、それと似たような魔法ならば聞いたことがございます」

「本当⁉」

ナーサディアの顔が、ぱっと明るくなる。

「はい。『認識阻害魔法』というものがございまして」

「にんしき、そがい」

「ナーサディア様の仰《おっしゃ》られたように、見た目を誤魔化して相手に見せる魔法です」

「へえぇ……」

きらきらと目を輝かせるナーサディアだが、バートランドの様子が少しだけ暗いことに首を傾げた。一体何があるのだろうか、と思いバートランドを見た。

「ただ……難易度は、相当高いです」

「難しいの……？」

「はい、かなり」

ナーサディアが魔法の訓練や、魔力の最大値を伸ばす訓練をしているとはいえ、あの『認識阻害』の魔法の使い手はかなり少ない。更に、きちんと使いこなしているのはナーサディアの祖父である、ウォーレン王国が誇る大魔導師のレイノルドと他数名の魔導師のみ。

これを習得するのには根気も必要だが、それ以上に要求されるのは緻密な魔力運用の技術と魔力量の多さ。隠したい場所や変えたい場所へと魔力を浸透させ、満たす。その状態を維持したままで変えたい色や形を明確に思い浮かべることで覆い隠すという高度な技術。

だが、もしそれができれば……？

刻印のない自分ならば、エディルは喜んでくれるかもしれない。邪魔をしないと約束すれば、またベアトリーチェとも一緒に本邸で過ごせるかもしれないという淡い希望を抱いた。

「バートランド、お願い。その『認識阻害』の魔法の使い方が書かれてる本、見たい」

「ですが……」

「お願い……！」

今のナーサディアがあれを試しても大丈夫なのだろうかという一抹の不安はあったが、あのレイノルドの孫であるナーサディアならば、もしや……という思いもあった。何よりこんなに一生懸命にお願いされると、断ることもできない。

「わかりました。では、本を探してまいりましょう」

「ありがとう！」

ぱっと顔を輝かせて、ナーサディアはお礼を言う。先ほどのバートランドの反応からして、かなり難しい術であることも何となくわかるが、それでも試さずにはいられなかった。

重く分厚い魔導書を四階の自室に運んでもらい、勉強の合間に読み込んでいく。書かれている内容は何となく理解はできるのだが、魔力を維持することができるだろうかという不安はある。でもやりたい。

物は試しだ、と用意されているチョークを手に取って魔導書に記載されている通りの魔法陣を床に描いていく。魔法陣を描くにも順番はあり、忠実に守って間違いがないように本と見比べながら描き進めていく。

「……で、できた……」

複雑な魔法陣をようやく描き終え、はぁ、と一息ついた。

この魔法を使うときは毎回これを描かなければいけないのかと気持ちが重くなるが、発動させるためには必須。仕方ない、と首を横に振ってからナーサディアは魔法陣の中央に腰を下ろした。

「後は……魔力を……」

魔力運用は最近になって本格的に始めたばかりだが、集中すればきっとうまくいく。そう信じてナーサディアは目を閉じ、魔力で自分の顔の刻印を覆い隠すように、そして、刻印が消えた時を想像する。

顔が温かいものでじわりと覆われていく感覚が少しずつ広がる。だが、その時だった。

「きゃあっ‼」

パン、と大きな破裂音がした。

ナーサディアは魔法陣から吹き飛ばされ、今の爆発によって煤《すす》まみれになってしまっていた床の上を転がった。

びりびりと手が痺《しび》れ、小刻みに震える。あぁ、失敗したのかと理解してよろりと身体《からだ》を起こし、どうにか立ち上がるが、すぐに座り込んでしまった。床を転がったことで身体にも痛みは感じていたが出血などはしていないようで安堵《あんど》する。

かなり大きな音だったこともあり階段を駆け上がってくる複数の足音が聞こえてきたが、床を転がってしまったことで自分が着ていた普段着のワンピースが汚れたのが気になっていたせいで、扉を開いて入ってきた人物に気付くのに遅れてしまった。

「何をしているのナーサディア！！！」

「……っ！」

急な怒鳴り声に、ナーサディアの身体は竦《すく》んだ。

けれど、同時に少しだけ期待もしてしまった。もしかして、エディルがナーサディアのことを心配してくれるのではないか、と。だが淡い期待は、エディルの言葉にすぐに霧散してしまった。

「汚い顔が更に汚くなっているじゃないの！　ナーサディア、お前はどうして余計なことばかりしているの……っ！」

「おか、あ、さま」

「バートランド！　すぐにコレを綺麗《きれい》にしなさい！　わたくしは本邸に戻ります！　……気分が悪いわ」

吐き捨てるように告げられた言葉と、それに含まれる鋭利な刃。

ナーサディアの部屋の扉は乱暴に閉められ、室内に残ったのはナーサディアとバートランドだけ。もしかしたら、母に少しでも認めてもらいたくて、ベアトリーチェのようになりたくて、魔法のことを言い出したのでは、とバートランドは思い至るが、それよりも肩を震わせて静かに泣き出したナーサディアを慰めることに注力しなければ、と急ぎ我に返った。

「ナーサディア様」

「……煤まみれ、に、なっちゃ、て……」

ひっく、としゃくりあげながら必死に言葉を紡ぐナーサディアがあまりに痛々しく、バートランドはそっとナーサディアの背をさする。

「き、きたな、い、よね。……っ、く……まっくろ、だも……っ……」

「煤は、すぐに落ちて綺麗になります。ナーサディア様、お怪我《けが》はありませんか？」

問いかけにふるりと首を横に振るナーサディアに、バートランドはほっと息を吐きだした。

「では、蒸しタオルをお持ちしましょう。ナーサディア様」

「な、に？」

「わたしは、ナーサディア様がご無事で嬉しいです」

恐る恐る顔を上げたナーサディアの視線の先、優しく微笑んでこちらを見てくれているバートランドがいた。エディルとは、全く違う、慈しむような優しい目。

「……っ」

「大丈夫。……大丈夫ですよ」

あやすような声音がたまらなく嬉しくて、ナーサディアはその場に座り込んだまま、わんわんと泣き出してしまったが、塔にいる使用人たちは誰も、咎《とが》めたりはしなかった。それどころか、ナーサディアの好きな食事を用意してくれたり、良い成績を取った時しか出されない生クリームの載ったホットココアまで用意してくれたりと、皆ができる限りのことをしてナーサディアに優しく接してくれたのだ。

嬉しい反面、それは、母であるエディルから欲しかったもの。

でも、我儘を言ってはいけない。今日のことは私が悪いんだ、とナーサディアは自分に言い聞かせて、一日を終えて眠りについた。

もうすぐ、大好きなベアトリーチェがやってきてくれる日が訪れる。その日を楽しみにして。


「え……」

「ごめんね……ナーサディア……わたし、王宮に、……いかなきゃ……」

平穏が崩れたのはいきなりだった。

思いがけない一言に、ナーサディアは凍り付く。王太子妃候補としての教育を受けているとはいえ、家から通いながらの教育で良かったはずなのに。一体何があったというのだろうか。もしかして母が何かしら手を回したのかと思いつつも、考えられるもう一つの可能性。

ベアトリーチェの王太子妃教育が思ったより順調で、王太子妃教育を受けるために家から王宮まで通うための時間が勿体無《もったいな》いと判断されてしまった、ということ。

「ベアト……お、落ち着い、て？」

塔に駆けてくるなり泣き始めてしまったベアトリーチェを抱き締め、とんとんと背中を叩きながら必死に事情を聞き出してみた。

これからベアトリーチェは、王宮で更に本格的な王太子妃候補としての、否、王太子妃としての教育が始まってしまうそうなのだ。考えていたもう一つの可能性が的中してしまった、と胸のあたりがもやもやとする。あまりに優秀だったがために、数人いた他の候補は側妃候補へと変わり、ベアトリーチェが更なる教育を受けることになってしまった。喜ばしいことには違いないが、この家での心の支えがなくなってしまうという恐怖に支配されていく。

ひっく、ひっく、としゃくりあげているベアトリーチェをぎゅうっと抱き締めている力を、ナーサディアは無意識のうちに強くする。

「いやだよぉ……！　だって、ナーサディア、ひとりに、なる……っ、うわぁぁぁぁぁん！！！！」

「ベアト……っ……！」

つられてナーサディアも泣き出してしまった。

いくら二人がしっかりしており、賢いといってもまだ九歳の少女なのだ。生まれて今まで離れたこともなく、ナーサディアがこの塔にいるようになってまだ一月《ひとつき》ほどしか経《た》っていない。片割れのためを思っていたが、離れるとはいえあくまで家の敷地内。一緒なのが当たり前だった二人にとって、本格的に引き離されてしまうという事実が、胸を抉《えぐ》る。

どうにかして王宮に滞在せずに通いで教育を進められないのだろうかと思ってしまうが、決めたのは王宮の教育係。ナーサディアだけでどうにかなるものではない。涙がじわじわと溜まって、瞬きをすると決壊してぽろりと零《こぼ》れた。それをきっかけとして二人揃って声を上げて泣き始めた。

わんわんと二人が抱き合い泣《な》き止《や》まないため、困りきったベアトリーチェの使用人たちが本邸に慌てて向かい、茶会から帰宅したばかりの母を呼びに走って、泣いている二人の元へと連れてきた。

母がやってきた頃には少しだけ落ち着き、ずび、と洟《はな》をすすりつつ手をしっかりと握り離さない二人の様子にエディルは困ったように微笑む。

その微笑みは何も事情を知らない人が見れば、まるで一枚の絵画のようにも見えただろう。双子がしっかりと手を繋《つな》ぎ、母がそれを見つめる。だが、違和感を既に持ち始めていたナーサディアからすれば、嫌な感覚に襲われるものでしかないものだった。

「まぁまぁ……二人とも、目を真っ赤にして……。さぁナーサ、ビーチェ、お母様のところにいらっしゃい？」

　母であるエディルはふわりと両腕を広げる。ベアトリーチェは素直に、ナーサディアはおずおずとその腕の中におさまった。そんな二人を優しく抱き締めて、落ち着けるようにと背中をとんとんと叩いてくれるのは、どこからどう見ても優しい母親そのもの。

「大丈夫よ。……貴女たちは双子、魂を分け合った唯一無二の存在なのだもの。離れていても、貴女たちの心は離れることはないでしょう？　それに、ビーチェがいい子にしていればこちらに少し帰宅することも許可してくださると王妃様がお約束してくださっているわ。ナーサ、あなたもいい子にしていればお父様がこっそり王宮に連れて行ってくださるそうよ。ベアトリーチェに負けないように、しっかりお勉強しなくてはね？」

　優しい声で語られる内容に、ベアトリーチェは安心したのかふにゃりと嬉しそうに微笑んだ。

「本当？」

「もちろん、お母様が嘘《うそ》をついたことがあったかしら？」

「ないわ！　ね、ナーサディア！」

「え、えぇ……」

　ベアトリーチェの勢いに頷くも、何処《どこ》となくモヤモヤが残ってしまうのは、恐らくこの塔に来る前に父と母が見せたあの顔のせいだろう。実の父母を怖いと思うだなんて、どうかしているのかもしれないけれど、怖いものは怖い。本能的な恐怖感のようなそれ。

　母の言葉にすっかり機嫌が元に戻ったベアトリーチェは、ナーサディアと離れるのが惜しいとは思いながらも、元気よく塔を後にした。

もちろん、未来の王太子妃に何かあってはいけないからとエディルについてきていた護衛騎士に送らせた。部屋まで。本邸と塔、僅かとはいえ距離があるのだから、念には念をと。

そして、塔に残ったエディルは、ゆっくりとナーサディアに向き合う。

もう、そこに優しい母の顔などなかった。冷たすぎる瞳と視線、そこに混ざっているのは嫌悪感と怒り。何をしたわけでもないのに、母がナーサディアに向ける感情に優しさなど存在していなかった。

「……ナーサディア」

冷たすぎる母の声に、ぎくりと体を強《こわ》ばらせる。

「分かりますね？　ベアトリーチェは、大変優秀であるからこそ、王妃様に気に入られ、王太子殿下とも大変に、良好な関係を今まさに築いていっているのです」

「は、い」

「貴女がその邪魔をしてはいけないの」

「……邪魔……？」

「醜い顔を持っているだけでベアトリーチェの邪魔になるのが分からないの？」

エディルの美貌をもってして、冷たい眼差しを向けられれば、普通の人間ならば耐えられない。それ程までに苛烈な印象となる眼光で、我が子に対峙《たいじ》しているのだ。どうして邪魔になるのか理解できなかったナーサディアは、ゆるりと首を横に振った。

「わた、わたし、ベアトの邪魔なんか……！」

「うるさいわよ、『化け物姫』」

実の母に、一番呼ばれたくない呼び方で、冷たく呼ばれてしまった。

「お前は、家の道具としてこの場所でずっと生活するの。……安心して？　貴女は顔の刻印の影響で病弱になっているのだから………ねえ？」

「病弱……？」

「そう。顔の刻印は疫病が原因だったの。そしてね、回復はしたけれど刻印が消えない心労からくるストレスなんかで、貴女は外に出られるような状態ではなくなってしまっている……。とぉっても良いアイディアでしょう？　そうでなければ、そんな醜い刻印を持った子がわたくしから産まれるわけないもの」

「なん、で」

けたけたと笑う様子だけを見た人からは、今のエディルの状態は正気を失ってしまっているように見えるだろうが、エディルはいたって正常でしかない。ナーサディアを見下《みくだ》すように見ながら、ショックを受けている娘の頬を容赦なく打ち据える。ぱん、と乾いた音が響いてもなお呆然《ぼうぜん》と見上げてくるナーサディアをエディルは忌々しそうに見下ろした。

そうまでするほど自分の存在が疎ましくなっていたのかと、ナーサディアの目からぽろりと涙が零れる。泣いたところで何かが変わるとは思っていなかったけれど、感情を抑えきることはできなかった。その想いを知ってか知らずかエディルは心ない言葉をどんどんと続けていった。

「刻印さえなければ、双子の妖精姫、という呼ばれ方だったのかもしれないわねぇ…………だって、お前とベアトリーチェは、一卵性双生児なのだから」

なにか、なにかを言い返さなければと思うのに、喉がひりついて言葉が出ない。蛇ににらまれたカエルのように体が強張り、口の中までも渇いてくる。

ふん、とエディルは馬鹿にしたように笑ってから、ナーサディアの両肩をがっちりと掴《つか》み、用意されていた勉強机まで無理やり歩かせて、力任せに椅子へと座らせた。その痛みに顔を顰《しか》めても緩むことはない。

片方の手で肩を掴んだまま、エディルがもう片方の手で参考書を思いきり叩くと、大きな音にナーサディアは体を硬直させる。人間、大きな音には驚いて一瞬体を硬直させてしまうものだ。合わせて恐怖まであるのだから、硬直しないという方が無理であろう。

そんなことなど知らないと言いたげに、エディルは至近距離で囁《ささや》いた。

「月に一度、お前の勉学の習熟度合いをテストします。……良いですか、わたくしたちの……このハミル侯爵家の娘だと、そしてお前がベアトリーチェの双子の片割れだとわたくしたちに認めさせたいのであれば、この程度造作もないでしょう。……せいぜい、励みなさい？」

ではね、とエディルは綺麗な微笑みで言い残し、迎えに塔に上ってきた護衛騎士と共に、蒼の塔を後にした。

執事たちも今はここにおらず、残ったのはただナーサディア一人だけ。どうしてここまでの仕打ちを受けなければならないのか、考えても答えが出るはずもない。ただ、はっきりとナーサディア自身にも言えることはあった。

「好きで………こんな、刻印、つけてるわけじゃない……っ‼　わたしのせいじゃないのに……っ！！！！　いやだぁ……！！！！！　こんなの、いらない！！！！！」

悲愴な叫びが、塔の天辺《てっぺん》の部屋に響き渡る。石造りの塔から、その叫びが外に零れることはなかったが、ナーサディアの様子を見に来た老執事は何も聞かなかったことにした。ただ、顔に刻印があるだけで、ここまでの差別を受けながら育てられる必要はどこにもないと思うが、反論したところであのエディルが聞くとは思えない。美しくあるかどうか、彼女の今の判断基準はすべてそれへと繋がっている。

今はベアトリーチェが『妖精姫』と呼ばれているが、かつてはエディルがそう呼ばれていたが故に、美においても教育においても、全てにおいてエディルのプライドは人一倍高い。そのせいで、普通の親ならば目立たないようにと配慮してやるだろうことすらできなくなっている。そこにどうして気が付かないのか、と思うが人の話を聞けるような精神状態ではないのかもしれない。

何かを言っても付け焼き刃の慰めにしかならないと理解しているからこそ、老執事はあえてナーサディアに声をかけないということを選んだ。他の使用人たちが心配そうにしていたが、無言で首を横に振る。

「ナーサディア様は……？」

「今はそっとしておきましょう。気が済むまで泣かせてあげないと、感情のやり場がないはずだ」

「あのように接しなくても良いのに……」

エディルのやっていることに、塔にいる使用人たちは一様に顔を顰める。本邸にいる頃から少しずつナーサディアへの態度がおかしくなってきたことは分かっていたが、表面上は普通の親子として接していたから、エディルがナーサディアをどう思っているのか使用人たちは分かり兼ねていた。しかし今日、エディルの態度はやはりおかしいと確信できたからこそ、せめてナーサディアが健やかに育つようにと、使用人たちは揃って誓う。そうとは知らず、ナーサディアは泣くことに飽きるまで、ただ部屋に籠って、ひたすらに泣いた。

泣いて泣いて、泣き疲れて体力を消耗しきって眠り、目を覚ます。泣きすぎて腫らした瞼《まぶた》を軽く擦《こす》りながら起き上がる。

ヒリヒリと痛む目元に、昨日のあれが夢ではなかったのだと思い出された。そして、エディルがいかに自分を憎んでいたのかも、改めて思い知らされた。

今まではきっと、父も、母も、ベアトリーチェがナーサディアを大好きでいるからこそ、この刻印のある醜い顔を必死に我慢してくれていただけ。ナーサディア自身のことなど、この顔の刻印のせいで最初から好いてもいなかったし、ただオマケで大切にする『フリ』をしていたのだと、痛感した。

たかが刻印、されど刻印。恐らく化粧で隠れてしまうくらいのものなのに、エディルは決して隠してくれようとはしなかった。ナーサディアにはよく分からないけれど、何か大人の都合でもあったのだろうか。

塔に来る前は、ベアトリーチェと一緒だったから、ベアトリーチェがナーサディアを愛してくれていたから、ベアトリーチェが共にいることを願ってくれていたから、簡単に引き離すことができなかった。ただそれだけの話だった。彼らが何よりも美しいベアトリーチェを愛していたからこそ、であろう。

両親の中にいるのはベアトリーチェだけ。顔には刻印もなく、母譲りの美貌は更に磨かれ、これから更に美しくなるだろうと評判の二代目『妖精姫』。しかも王太子妃候補としての教育が始まる。それは貴族子女として最高の誉《ほまれ》とされる。本人の希望があったかどうかは分からないが、既に王太子と会っているのであれば、エディルが推し進めなくても自然と話は進んでいたことだろう。

一方でナーサディアは、『化け物姫』。顔半分に広がる刻印が、その名前を知らしめていた。奇妙な能力があるわけでもなく、ただ、顔に刻印があるのが醜いとそう言われた。舞踏会に行ってもひそひそと陰口を囁かれ、嘲笑《あざわら》われる。何をしたわけでもないのに。

とあるパーティーでは刻印を笑われ、指さされ、会場の中央に引きずり出されてさらし者にされてしまった。幼いナーサディアはどうやって回避していいか分からなくて蹲《うずくま》って泣いていたところを、ベアトリーチェが助けてくれたが、それまでは誰も来てくれなかった。

目が覚めてから、今まであった色々なことを思い返し、ぼんやりした思考のままどこか空っぽになってしまったような胸に触れる。ほんの少し前まであった何かが、もうない。

ナーサディアは、両親にも愛してほしいと切望していた。ベアトリーチェと同じように接してほしかった。ただ当たり前の『家族』としての温かさが、欲しかった。

しかし当時感じていた両親の不可解な雰囲気の理由が分かり、同時に思いきり突き放され、どん底に落とされ、しっかりと『道具』であると明言されてしまった。

ナーサディアの心の中に少しだけ残しておきたかった希望も、粉々に砕けたような気分だった。

その時、不意に頭の中に声が響いたような気がした。


――愛される訳がない。でも……こんな顔に産まれてきたのは自分の責任ではないし、どちらかといえば母親のせいではないの？　ねぇ、ナーサディア？


声が終わったような感覚と共に、はっと自嘲めいた笑みが零れ、我に返った。

「………え？」

あたりを見渡しても誰もいない。当たり前だ、この『塔』の一番上の部屋にいるのは自分だけ、というか自分の居室なのだから。ということは、さっきの声は自分が無意識の内に発してしまったものなのかもしれない。その声が自分の心の声であるとするならば、どうしてこんなことを言ったのか。どうして、こんなことを考えてしまったのか。産んでくれたから、ベアトリーチェと双子でいられるというのに、何故。今までの自分ならば、間違いなくこんなことを考えたりはしなかったのに、と。

どうしてこんな馬鹿げたことを考えてしまったのか、少しだけ怖くもあるが、その思考に至るのも当然だと思う自分もいるのではないかと、更に考え込む。考えて、ひたすらに考えて、あまりにも自分の思考回路が変わり始めていることに気付いて、頭まで思いきり布団を被《かぶ》り直したナーサディア。

自分が望んでそう産まれてきたわけではない。産むことを『選択』したのは他でもない、エディルとランスター。結果としてベアトリーチェと双子として産まれてきただけ。ただ、ベアトリーチェとは決定的に異なっている箇所があっただけという話なのだから。

「どうし、……っ、……え、……な、なんで……？」

頭が混乱する。

目の前がぐるぐると回り、歪む、気持ち悪い感覚に襲われる。

あまりに違う自分の思考が、恐ろしいものに感じられるのに、それをすんなりと受け入れつつある自分がいる。

違う。

そうじゃない！

仕方なかったの！　お母様にも事情はある！

産んだ我が子にこんな刻印があるだなんて想像すらしていない！　お母様はベアトリーチェと同じ顔の私を望んでいたのだから！

そうやって自分の考えらしきものを必死に否定しても、その『声』は止まらない。

――刻印の有無でこんなに差を付けられる意味が分からないわ。私は私なのに……ねぇ？

「黙って！」

悲鳴のような叫び声を上げてしまい、慌てて己の口を塞いだ。ふぅふぅと必死に息を整えながら冷や汗が大量に噴き出しているのが感じられて気持ち悪かった。

分厚く重い扉のおかげか、幸い外には響いていないようで安堵の息を零した。

だが、一度産み落とされてしまった嫌悪は溢れるばかりで留まることを知らない。

あの歪み切ったエディルの笑みや、ランスターの忌々しげな顔、自分にだけ向けられる底冷えするような視線と声音。

何もかも、『ナーサディアは不要』だと結論付けるのには十分すぎる。

そんな両親に対して微《かす》かでも期待を抱いてしまえば、傷付くのはナーサディア自身なのだ。

不要だと言われようとも、昨日のエディルの言葉から推察するに、とりあえず自分もベアトリーチェが受けている王太子妃教育と同じ教育は受けさせてもらえるらしい。ならば、それをこなしていけば、常識も学も身に付く。王太子妃がどのような教育をされるのかは想像もできないが、それさえやっていれば何とかなるような気がした。もちろん、今までの貴族令嬢としての教育内容よりも難易度が上がることなど簡単に想像できる。

ベアトリーチェが王太子妃、ゆくゆくは王妃になったとしても、あの両親はナーサディアを家の道具として飼い殺しにするだろうということも理解した上で、飼われてやれば少なくとも飢えることも死ぬこともないだろう。貴族としてこれまで生きてきたナーサディアは、仮に侯爵家から追い出されてしまえば生きていくのすら難しい。

ナーサディアは、そう判断した。

必死に食らいつこうと、決意した。

これを、まだ十歳に満たない少女が決意してしまったのだ。家に見捨てられないために、自分が生き延びるための方法として選択した。涙は再びとめどなく溢れたし、恐怖もあった。もし勉強についていけなかったら、さらに勉強だけでなく魔法の授業などにもついていけずに『及第点』を与えてもらえなかった時には、どのような折檻《せっかん》を受けるのか想像もできない。これまでは特にそういったことはされずにいたが、この『塔』に閉じ込められれば、外に出ることは容易ではないだろう。外に出られないということは、もしも及第点が取れなかったときにエディルがナーサディアを酷《ひど》く殴ったとしても、その痕跡を見られることはない。使用人に見られたとしても口止めさえされてしまえば、何もなかったことになってしまう。

ナーサディアの顔の刻印を憎んでいるエディルのことだ。もしも成績があまり良くなければ……と考えただけで身震いする。やってくる家庭教師の質も、間違いなくこれまでより遥《はる》かに高いもの。がっかりされないように細心の注意を払う必要があった。

ナーサディアが普段起きる時間にいつも通りやってきてくれる優しい老執事に挨拶をし、表面上はこれまでと同じように接していたが、昨日の事があるせいか、老執事はじめ塔の使用人たちはやたらと優しかった。

その優しさが余計に辛《つら》く悲しくなったが、この人たちを落胆させてはいけないと思った。あの母親の言葉が原因でナーサディアが勉強しなくなったなどと、本邸の他の使用人たちに笑われてしまわないように。

己が大切にしているものも、何もかも、『余計なものを大切になどしていないで、父母に大切にされるために、道具としての役割を果たしなさい』と言って、ナーサディアの大切にしているものを奪われてしまう時が訪れてしまわないように、その時までは大切な人も、ものに対しても興味を持っていないように、何にも執着していないように見せることにしようと、心の奥底で誓った。それがあるから余計なことを考える、と難癖をつけられないために。

着替えも、朝食も済ませ、大きく深呼吸をする。予《あらかじ》め聞いていた時間の通りに、王太子妃教育を行うための家庭教師がやってきた。どのような挨拶をすればいいのか分からなかったので、これまでに習った通りにカーテシーを行って名前を名乗る。

「本日より、どうぞよろしくお願いいたします。ナーサディア・フォン・ハミルと申します。母より聞いておりますが、私は王太子妃教育がどのようなものか、詳しくは分かっておりません。先生のお手を煩わせてしまうやもしれませんが、ご指導のほど、よろしくお願いいたします」

「……はい、よろしくお願いします。基本的な挨拶やカーテシーについては何も問題ございません。ナーサディア嬢、その……いきなりこのようなことになり戸惑っていらっしゃるでしょうが、もっと幼い頃から王太子妃教育を受けてきた方々と比べて、開始時期が少し遅れてしまっております。スケジュールはこちらに来る前に凡《およ》そのものを組ませていただきましたが……、どのような速度でナーサディア嬢が勉学に打ち込めるのかは、申し訳ございませんが予測できておりません。また、習熟度合いについて月一度のテストを行いながらもベアトリーチェ嬢に追いつかねばならないため、ナーサディア嬢には時間がございません。厳しくまいることもありましょうが、耐えなさいませ。ベアトリーチェ嬢はもう既に、教育が開始されております」

「かしこまりました」

簡単な挨拶ではあったが、どうやら初対面の印象は悪くはないものであったようだ。ナーサディアはこっそりと安堵の息を零し背筋を伸ばして家庭教師の婦人と対面した。その婦人は一瞬だけ刻印を見て複雑そうな顔をしたが、すぐにその表情は消えた。

本当に時間が限られているのだろう。ベアトリーチェの王太子妃教育が開始されているということは、ナーサディアの出だしが遅れてしまっているということなのだから。

「まずは、王国史から学んでまいります。教本はこちらでご用意しておりますので……どうぞ」

「ありがとうございます」

「では、開始いたします。教本を捲《めく》ってください」

言われるがまま教本を開く。ウォーレン王国の成り立ちから、授業は開始された。歴代の王、あるいは女王がどのような治世を行ってきたのか、誰が何代目の王であり、その血縁がどのようにして今日まで継続されてきているのか。

ただ暗記すればいいというものではない、何がいつあって、どのようにその後続いたのか関連付けて覚えていかないと、仮に諸外国の人物と対話をするときに会話が成り立たない。しかも覚えるのはこれだけではない。単なる貴族令嬢の教育とは違い、王国語以外の外国語の習得、すなわち文字や単語も書き取りをして覚えなければいけないし、会話もできないと話にならない。

大変なことになってしまった、と頭のどこかで思いながらも、ナーサディアの頭の中は、どこまでも冴《さ》えわたっていた。そこからはとんでもなく早く、そして有り得ない程の才を存分に発揮した。学問も、礼儀作法も、その他の王太子妃教育も、何もかも。母である人が望むがままに、必要な勉学やマナー、作法などを習得していき、家庭教師についてくれた婦人からは賛美の声がかけられるまでに一気に成長した。

授業で行われるテストの結果や礼儀作法のテストの結果、何もかもが想定を遥かに上回っていた。幼くとも聡い彼女を家庭教師の婦人が褒めるたび、本邸にいる母や父の機嫌が悪くなっていくのは分かりきっていた。エディルにとって家の道具であるナーサディアが優秀になっていくことは本来喜ばしいことのはずだが、もしかしたらその能力がベアトリーチェを上回り兼ねないことに怒りを感じているのかもしれない。

だが、それは彼らが望んだことでもあるのだからナーサディアは何ひとつ悪くない。両親が怒ったとしても家庭教師の婦人がこう言えばあっさりと解決してしまった。『どうしてお喜びにならないのですか？　ナーサディア嬢が優秀であることはとても素晴らしいことではありませんか！　これほど優秀な令嬢など私は他にほとんど見たことがありませんよ！』……と。それを言われればどうしようもない侯爵夫妻はひきつった顔をしていたらしい。本邸に必要な物資を取りに行ったメイドから聞いたので、間違いはないと思っている。

ナーサディアが決心したことは、正解だった。恐らくベアトリーチェよりも先に進んでしまえば結果として最悪になってしまうが、ベアトリーチェの後を追いかけるような状況にさえなれば良いのだ。その状況を思う存分利用しようと、更に誓った。

ベアトリーチェと過ごした間で、ベアトリーチェが何を得意として何を不得意とするかも分かっていた。

だからまるっきり、同じようにしてみせた。

ナーサディアが教育を受け始めたのは、ベアトリーチェから遅れること数ヵ月。

一般的に、王太子妃『候補』の令嬢は複数の家から複数人選ばれる。

ベアトリーチェはその内の一人であり、ハミル家以外の家にもベアトリーチェと同様に王太子妃になるための教育を受けている令嬢はたくさんいる。

そして、家柄、教養、素行、様々な観点から王太子であるアルシャークと似た年頃の令嬢が選定された。

その中でも、王妃に気に入られた令嬢たちは王宮で、家族からの推薦があった令嬢は王宮への通いで。

王太子妃候補は一人ではない。ライバルの令嬢を蹴落とし、より良い成績を収めてこそ、王太子妃として認められる。エディルには他の家よりも優位に立てると確信していることがあった。それこそが他でもないナーサディアの存在である。

ベアトリーチェの影には、ナーサディアがいる。

ナーサディアにはベアトリーチェと全く同じ教育を施しているゆえに、ベアトリーチェが王太子妃となった際にはナーサディアをベアトリーチェの侍女にさせて、公務の一部をナーサディアにやらせることもできる。エディルはこうしてナーサディアを一緒に差し出すことで、ハミル家にはベアトリーチェを本気で王太子妃として送り出す覚悟があると示したかった。

特にナーサディアはベアトリーチェと一卵性双生児ということもあり、エディルはこっそりと、ベアトリーチェの様子を見にきた際に王妃にこう伝えたのだ。

『我が家にはもう一人、病弱ながらも娘がおり、この娘にはベアトリーチェと同じ教育を受けさせております。また顔に少しだけ刻印のような模様がございますが、それ以外の体格や声はベアトリーチェと見分けがつきません。ベアトリーチェの公務を手伝わせる侍女として扱うことも、有事の際に身代わりとして使うこともできる便利な存在です。どうぞ、自由にお使いくださいませ』と。

病弱、という表現に訝しげな顔をされたが、条件としては悪くないと判断された結果、現在に至る。万が一が起きない、とは言い切れないから、ベアトリーチェが王太子妃となったあとに何かが起きた際、彼女の身代わりとしてナーサディアが使える可能性があるのであればそれに越したことはない。

しかも今、エディル曰《いわ》くその娘は、ハミル侯爵家で療養しつつもベアトリーチェが受けているものと同じような教育を受けさせられている。ナーサディアの話をなしにしても、ベアトリーチェはその美しさから王太子であるアルシャークに王宮のパーティーで既に見初められてはいた。それに加えてこのような準備もしてくるとは何ともまぁ用意周到なことだと王妃には思われただろうが、エディルは自分の案が恐らく受け入れられただろうということにほくそ笑む。

王太子妃教育では、不正解ならば手のひらを鞭《むち》で打たれ、姿勢が悪いと竹で背をぶたれる。痛い思いをしたくないから、ベアトリーチェは必死に覚えたし、二度は同じ間違いをしないように何もかもを学びながらこなしてみせた。そのような痛みに耐えかねた令嬢たちは『自分ではとても務まらない』と候補からどんどんいなくなっていく。伯爵家や辺境伯家の令嬢も、最初はベアトリーチェに対して敵意むき出しだったのだが、最終的に自分には無理だ、と。頑張ってほしいと励ましの言葉を残して去っていってしまった。

そうして、ついに残ったのはベアトリーチェだけになったと、上機嫌なエディルが塔にやってきてナーサディアに伝えたが、表面だけの笑顔を浮かべたナーサディアは、完璧なカーテシーを披露して、ただこう言った。

「おめでとうございます、侯爵夫人様」

「どういうこと……？」

目の前で綺麗なカーテシーを披露するナーサディアをエディルは訝しげに見る。

少し前まで両親からの愛を渇望し、瞳のどこかで何かを訴えかけるようにしてこちらを見ていた幼い少女はもう、いなくなってしまっていた。無意識にその眼差しを心地よく感じていたエディルは、どうしてもうそれを向けないのかと訝しむ。ナーサディアはずっと、両親からの愛情を欲していたはずだ。怯えながらも両親へ向ける眼差しは、まるでこちらへ縋《すが》るように手を伸ばしているかにも感じられた。

だが、『侯爵夫人』と、あからさまな他人行儀な呼ばれ方にエディルは苛《いら》ついた。あからさまに除《の》け者《もの》にして、この塔に彼女を追いやった張本人であるにもかかわらず、だ。

除け者にはしたけれど、親子であることには変わりないという状態に胡坐《あぐら》をかいていることにエディルは気付いてすらいない。

無意識にナーサディアを睨《にら》んだまま声を荒らげた。

「ナーサディア、どういうつもりですか。この母のことをそのように！」

「……」

「返事をしなさい！」

どうしようもなく苛つき、ばっと反射的に手を上げようとしてしまうが、ナーサディアは何一つ動じない。恐らく少し前ならば、体を小さくしてどうにかして逃げようと怯える様子を見せていたに違いないのに。

それどころか、表面だけの笑顔も何もかも全て消し去り、ガラスのように感情をなくしきった眼差しをエディルに対して向け続けていた。刻印がなければ、ベアトリーチェとまるきり同じ顔立ちのナーサディア。

まるでベアトリーチェにそうされているような、嫌な雰囲気にその場が支配されてしまいそうになる。

「……っ」

どのくらいの間睨み続けていたのだろうか。

ふと、ナーサディアが口を開いた。

「わたくしのことを、『化け物姫』とお呼びになるほど疎み、この塔に追いやったのですから、わたくしもそのように接した方が良いと判断致しました。侯爵夫人様」

「……は？」

「だって……」

柔らかく微笑んで、こう続けた。

「侯爵夫人様と侯爵様は、お二人揃ってわたくしのことを『我が子ではない』と言わんばかりの表情と態度ですので」

図星をつかれるまま、勢いよく再度手を振りかぶり、エディルはナーサディアの頬をこれでもかと思い切り打ちつけた。

人間、図星をつかれてしまうと頭に血が上り、何をするのか予想もつかないものではあるが、エディルの行動はとても分かりやすかった。ナーサディアの頬を殴った彼女の顔はまるで悪魔のようだった。あるいは夜叉《やしゃ》なのかもしれない。それほどまでに憎悪にまみれていた。

幼い体はあまりの衝撃に横に飛び、たまたま近くにあった机に体を打ち付けてしまい、置かれていた花瓶が床に落ち、割れた。机に載せられていた本も、筆記用具も落ちて、水の入ったグラスは倒れてそのまま中身が零れ広がった。

その音に執事が慌てて室内に飛び込み、現状を見て顔を顰める。

倒れたナーサディアと、肩で息をするエディル。

何があったのかなど、部屋の惨状とナーサディアの状態を見れば容易に分かってしまうが、まさかここまでするとは思っていなかった。疎んでいても親子なのだから、どこかに少なからず親から娘への愛情はあるのだと、そう信じていたのに、この状況を見てしまったバートランドは全てが壊れたような錯覚に襲われた。

一度深呼吸をし、老執事はエディルへと問いかける。

「奥様……何をなさっておいでか」

「……コイツが！　ナーサディアが、……っ！」

幼子に図星をつかれ、衝動のまま殴りました、などと、ハミル侯爵夫人としては言うわけにはいかず、歯ぎしりをしながら倒れたナーサディアを睨みつける。

ナーサディアは、倒れた状態から何とか体を起こすが、顔を上げない。それどころか、ぽたり、と赤い雫《しずく》が垂れたのを見て、老執事は慌てて彼女へと駆け寄った。どうやら、殴られた衝撃で口の中を切ってしまったらしい。

殴られ、どうにか体を起こしたばかりのナーサディアの目に光は感じられず、ぼんやりと虚《うつ》ろなままだ。視線を追いかけても定まらず、ただぼんやりとしていた。目の前で軽く手を振って気をこちらに向けようとしても、全く反応はしない。大人が子供を思い切り殴ると、どうなるか予想できないわけではないだろうに、エディルは己の娘といえど容赦など一切しなかったようだ。

これが、己の主《あるじ》かと思うと嫌気がさしてしまう。老執事はこみあげてくる吐き気を必死にこらえながら、言った。

「ナーサディア様はただひたすら、頑張っておられるというのに。貴女様はそれを褒めるどころか、このようにして暴力を振るわれると、そういうことですか。……長らくお仕えいたしておりま

すが、見損ないました」

「……っ」

「ナーサディア様、大丈夫ですか。ナーサディア様！」

執事の問いに反射的にこく、と小さく頷いて顔を上げたナーサディアの口の端《はし》からは、変わらず血が流れていた。打たれた頬は、大人の手のひらで殴られたために全体が真っ赤に腫れ上がってしまっていた。誰がどう見ても、これは酷いと思う。

バートランドは今触れると痛みを感じてしまうだろうと、優しくナーサディアの背をさする。それでも特に反応は見せず、視線はどこを捉えるでもない状態で、ぼんやりと座っているだけ。

「っ、ぁ……」

いつまでもぼんやりと虚ろなままで座り、背を撫《な》でられているナーサディアを見て、刻印を憎みながらも、我が子への愛情は微かに残っていたらしい。エディルの表情はバツが悪そうに翳《かげ》るが、虚ろな眼《め》のナーサディアにまた苛立ちが募ってしまったようだ。

「……お前など、可愛いビーチェのための道具でしかないわ。忘れないことね！」

ナーサディアは何も言わない。ここまで言ってもだんまりを決め込むつもりかと更にきつく睨みつけても、やはり先ほどから回復した様子はなく、ただぼんやりと虚ろなままどこかを見ているだけ。

忌々しげに睨みつけているものの、殴った張本人が今、どうしてこうなっているのかを理解していないような言動を繰り返している様子に、バートランドは大きな溜息《ためいき》を吐いた。

「奥様、もう今日はここから出ていってくださいませ。ナーサディア様は、打たれた衝撃で貴女様の声など聞こえておりませぬ」

冷たく言い放つバートランドの迫力に少しだけ気圧《けお》され、エディルは部屋を出ていくが、去り際にちらりと見たナーサディアは、まだ虚ろなままであった。

◇◇◇◇◇◇◇◇◇

「あ……」

「どうされましたか、王子」

「僕の『宝石姫』が……目覚めるかもしれない。今、小さい鼓動が聞こえたんだ」

不思議そうに首を傾げる侍従を横目にふふ、とティミスは微笑む。

「兄様たちが見つけたみたいに、僕も早く見つけなきゃ。……僕だけの愛しい『宝石姫』……。待っていてね……」

うっとりと、心の底から愛しげに、ティミスは微笑み、空へと手を伸ばした。

星が輝くその場所に、手は届かないけれど、自分が求める存在に対してはきっと届く。

そう信じて、バルコニーから夜空を見上げ続ける。風邪をひかないでくださいね、と己を心配してくれる侍従に対しては手を振って応えた。

第二章

ナーサディアの殴られた頬に手当をし、まだ虚《うつ》ろなままの表情を浮かべている彼女をそっと抱きかかえて寝台に運び、深々とお辞儀をしてから執事は退室した。おやすみなさいませ、と言うと普段は『おやすみなさい』と優しい返事が聞こえるのに、今日は何も聞こえない。今はただ、眠ってほしいと、特に何も続けることなく老執事は階段を降りる。

使用人たちに今日あったことを報告すると、メイドからは悲鳴があがり、料理人はあからさまに顔を顰《しか》めてみせた。

「そこまで……？」

「もう、駄目かもしれないな。夫人も、旦那様も」

「そんな人たちよりもナーサディア様は？　大丈夫なの？」

「眠っておられるとは思うが……今はそっとしておこう。明日の朝、声をかけてみるから、皆はいつも通りに接して差し上げてくれ。きっと……その方がナーサディア様も喜ぶ」

頷《うなず》いた使用人たちを確認して、彼らはその日の業務を終えた。せめて、ナーサディアが明日には少しでも元気になってくれていれば良いと、全員が思って。

◇◇◇◇◇◇◇◇◇

寝台に横たえられ、しばらくの間はぼんやりとしていたが、やはり疲れはあったらしく、いつの間にか、ナーサディアは眠りについた。眠りが深くなると同時に、ナーサディアの体の奥深くで、とくり、とくり、と脈打っていた『それ』が割れた。

まるで発芽するように。割れた音は誰にも聞こえることはなかったのだが、確かにそれは芽吹いた。

ナーサディアの右手の甲に、楕円形《だえんけい》の膨らみが出来上がる。皮膚が少し盛り上がり、かたくなり、そうしてぴりり、と皮膚が割れた。

痛みはなく、ただ、元からそこにあったように、『それ』は生まれた。『それ』が生まれるとほぼ同時に、ナーサディアは目を覚ました。

いつ眠ったのかも記憶にないが、確か横になった時は日が落ちていたような気がする。だが、翌日になったのか、数日経過しているのかよく分からなかった。

打たれた頬はまだまだ熱を持っており、じわりと痛む。ということは、恐らくあまり日数は経《た》っていない。単に眠って翌日目が覚めただけか、とナーサディアは推測して叩《たた》かれた方の頬に触れる。ひりひりとして、正直あまり触りたくない。口の中も痛い。

「人って、図星をつかれたら殴るもの、なのかな」

ははは、と乾いた笑いを零《こぼ》せば涙がぽたりと落ちる。

「……泣くな、ナーサディア。分かってたことよ、……分かって、た」

ぽたぽたと、止まることなく涙は落ちていく。

慌てて手の甲で拭おうとして、己の右手の甲にある『それ』が目に入る。

「……宝石？」

本物を間近で見たことはあまりないが、これはきっと。

「ダイヤ、モンド？」

キラキラと光を反射し、たっぷりと輝きを放つそれが、何故《なぜ》かナーサディアの手の甲にある。

昨夜、眠る前にはこんなものなかった、そう記憶している。それは間違いない。もしかして、自分を驚かそうとして使用人たちの中の誰かがやったのだろうか……とも思ってみたけれど、そんなことよりもダイヤモンドを取り外すことができるかどうか、だ。

だが、手の甲から剝《は》がそうとしても剝がれず、吸い付くかのように、そこにあるのが当たり前だと言わんばかりに『在る』。

「と、取れない……！」

かりかりと皮膚を引《ひ》っ掻《か》いてみても、宝石と皮膚の間に隙間を作ろうとしても、どうしようもできず、困りきった顔でナーサディアはうんうんと悩む。そもそも寝る前にこんなものはついていなかったではないか、と思うが、一体いつの間に現れたのか皆目見当がつかなかった。

涙はいつの間にか引っ込み、目の前の、手の甲にある宝石にすっかり意識が向いていた。自分でつけた覚えなどまったくないのだが、無意識の内にやってしまったのだろうか、とも考えてみるが、そうではないことは分かりきっている。

「取れないし……痛くもない……」

呆然《ぼうぜん》としたまま眺め、どうしたものかと悩みつつ、のろのろと体を起こし、ふと姿見に視線をやった。

「え？」


眠る前まで顔に広がっていた刻印が、なくなっていたのだ。それも、綺麗《きれい》さっぱりと。

今までどんな治療をしても消えることのなかった、忌まわしい刻印。

それがない。

どれだけ切望しても手に入らなかった、ベアトリーチェと同じ美しい肌。それが目の前にあるのだから、つい頬に触れてみる。火傷《やけど》の跡や傷跡などのように凸凹はしていないけれど、顔のほぼ半分を覆うように広がっている刻印だった。それが手触りなどはこれまで通りですべすべとしていて、全く変化していないが、見た目は別人のように変わっていた。髪の色も、瞳の色も変色してしまっていたのだ。

今まではミルクティーブラウンの髪に鮮やかなエメラルド色の瞳であったのに、今はプラチナの髪にほぼ白に近い金目になってしまっている。

おまけに髪がとんでもなく伸びていた。立ち上がったナーサディアの背丈より長く、床に引きずってしまうほどになっている。

鏡の中で呆然と立ちすくんでいる自分をじっと眺める。右手、左手、の順に手を挙げてみるが、自分なので全く同じ動きをする。困った顔をすれば鏡の中の自分も同じように困っている。髪の色と目の色、刻印の有無でこうまでも変貌してしまうのか、とどこか冷静に考えるナーサディアもいる。

そして、誰に問うでもなく呟《つぶや》いた。

「どういう、こと？」

この見た目の色合いは、今や家族の誰にも似ていない。

髪と目の色さえ戻ればベアトリーチェと瓜二《うりふた》つのままの自分だが、色が違うだけでここまで雰囲気が異なってしまうとは。眠る前は確かに今とは違っていた、というか、ベアトリーチェと同じ髪色、同じ目の色だったのに、と頭を抱えてしまう。眠っている間に何かしらの魔法が暴発してしまったのかとも思ったが、そんなわけはない。

どうしたらいいのだろうと、ナーサディアは必死に思考を巡らせる。

同時に、ナーサディアの中で恐怖心が膨れ上がっていく。

もしも見た目がこんなにも変わってしまったことが原因となって、更にエディルからの暴力や虐待がひどくなったらどうしようと。

元々顔に刻印がある見た目のせいで、区別され、蔑まれ、そして『家族』という枠から追い出されてしまった。

そして今になってこのような見た目になってしまったことを、エディルがどう考えるかは全く分からない。

もしも顔に醜い刻印のある娘という役割をナーサディアに求めているのなら、こうしてナーサディアの髪の色も目の色も変わり刻印までなくなってしまったら、エディルは激怒するかもしれない。

そう考え始めると、ナーサディアは自分の姿が突然変わったことに恐怖しか感じられなくなっていた。

元の姿が好きというわけでは決してなかったが、何とか自分の姿を一旦前の姿に戻せないか。

ナーサディアは思考回路をフル回転させた。


この状態でナーサディアが思いついた対処方法はただ一つだけ。


ナーサディアは、魔法を使ってあえて自身の見た目を以前の姿に戻すことにした。

かつて二度、失敗したあの『認識阻害魔法』である。

一度目の失敗は、エディルに酷《ひど》く罵倒された日のこと。そして、実はもう一度挑戦していたのである。

一度目の失敗の後、何が駄目だったのかを必死に考えた。ナーサディアがたどり着いた結論は『魔力値の低さ』であった。失敗したときに感じた、弾《はじ》かれるような感覚。もしかして魔力不足だから起こった拒絶反応のようなものではないか、と幼いながらに本を読んで知識をかき集めていき、必死に考え、仮説を立てた。

ナーサディアは、魔法の教師から習った『魔力の最大値』を増やすための訓練も行った。どれだけ辛《つら》くとも、母に褒めてもらいたい、父に頑張ったな、と言ってもらいたいというその一心が、ナーサディアの心を突き動かしていた。

だが、二度目も失敗した。

正確に言うと、半分成功、半分失敗、である。

成功したのは部分的な認識阻害魔法。中途半端では意味がない。まして、ナーサディアが成功させたかった場所は顔を覆っている刻印の部分だが、全てを綺麗に隠してしまうほどのものではなく、中途半端で、時間が経つと刻印が再び浮き出てきたりもした。

悪いことは次々重なるもので、顔の刻印に認識阻害魔法を使おうとしたまさにその時、エディルが塔へとやってきて、ナーサディアの部屋へ入ってきた。

その二度目の挑戦の時は、魔法が発動直前で歪《いびつ》な形で中断してしまったため、本来であれば体内を巡るはずの魔力は行き場を失い、手のひらの中で弾けてしまった。

「きゃ、……！」

「……っ」

きっと、普通の親子関係を築いている母娘《おやこ》ならば『大丈夫？』と声をかけたことであろう。だが、相手はエディル。

彼女が見た場面は、『ナーサディアが魔法の練習を失敗する』ところだけ。

王太子妃のための道具としては、魔法もきちんと扱えなければ困る。失敗した光景だけ見たエディルの顔は、醜く歪《ゆが》んだ。

「何を……しているの！」

その時は、何もかも、めぐりあわせが悪かった。

エディルはいつも手にしているお気に入りの扇を、その日も持っていた。閉じている状態のそれで、ナーサディアの頬を強《したた》かに打ち付けたのだ。

「お前は！　くだらない失敗をする暇があるのなら基礎の反復練習を行いなさい！　調子に乗って応用魔法でも使おうとしたんでしょう！」

「……い、た……」

真っ赤に腫れあがった頬を押さえ、泣くことを必死に我慢しているナーサディアを見下ろして、エディルは冷たく言い放った。

「……どうしてこんなのが……ベアトリーチェの双子の妹なのかしら」

あまりに冷たい声音に、ナーサディアは頭から氷水を浴びせられたような感覚に陥る。悪いことはしていない。いくら魔法の使役に慣れている人でも、失敗することはあるだろう。エディルはそれを、ナーサディアに対してだけは許さなかった。

涙を必死に堪《こら》えているナーサディアを見下ろしたままエディルは言葉を続ける。

「お前の刻印、どうやっても消えないわね……。本当に……醜い見た目」

汚物を見るような目で、更に声音はまるで氷のようだった。ここでナーサディアはようやく気付いた。

ああ、自分がこの塔に閉じ込められたのは、『醜い』からだ、と。

顔の刻印のせいで、ベアトリーチェと違っているから、ナーサディアという顔に刻印がある娘を周囲にこれ以上知られたくなかったから、追いやったのだ。

家族として扱われることはなく、生かしてはくれているものの、家にとっての便利な道具として取り扱われる存在。それが、ナーサディア。

その時、ぎりぎり保っていた希望は、砕け散った。最初から持たなければよかった、と後悔しても遅すぎた。

何も言わず表情を消してしまったナーサディアを突き飛ばしてから、エディルは踵《きびす》を返して塔を後にする。

何もかもを諦めたあの日以来、練習することを諦めていた認識阻害魔法。

少しだけ落ち着いてきて、冷静になった状態で今の自分を改めて考えてみる。

圧倒的に、魔力量が多くなっているのを容易に感じ取れた。今までの比ではない量で、しかも体内をきちんと巡り、回っている。途中、体のどこかで魔力が詰まっているような感じもしなかった。

今のこの状態であれば、諦めたあの魔法が使えるのではないか、とナーサディアは考える。

考え終わるが早いか、改めて鏡の中にいる自分自身をまじまじと見つめるナーサディア。

この部屋に人が来る時だけ、自身の姿を以前の姿に変えてしまえば良い。

手の甲にあるダイヤモンドは、袖の長い衣服で誤魔化《ごまか》すか、あるいはお茶を飲もうとしてうっかり零してしまった、とでも言って包帯を巻いておけば良い。ダイヤモンドはある程度の大きさがあるので、もし包帯を巻くとしたら、ガーゼか何かで覆ってからぐるぐる巻きと言われるくらいに巻いてしまえば誤魔化せると思う。

髪の長さは簡単だ。切れば良い。以前はこれくらいだったか、と慎重に鏡で長さを確認する。

そして髪を一掴《ひとつか》みし、風を魔法で生み出し鋭利な刃状にする。

「……風よ！」

小さな声で、魔力量を限りなく絞り込んで抑え、手にしたあたりでざっくりと切り落とした。

「……よし。あとは……認識阻害魔法」

書き損じの計算用紙の束を取り、髪を包んでからゴミ箱に捨てる。

誤魔化すために他のゴミも詰めておいた。これで髪を切って捨てたなどとは分からないと思う。

ナーサディアに思いつく限りの細工を施しておく。

次いで、チョークを手にして足元に魔法陣を描いてから髪全体は魔力で覆うように、瞳については『そう見えるよう』ピンポイントで認識阻害魔法で覆った。

細かな範囲調節をしなければならず、小さな体には負担がかかるが、どうして髪の色が、瞳の色が変わってしまったのか説明できないナーサディアにとっては、その方が楽だった。

魔力量が増えたとはいっても、初めて使う魔法だ。かけ終わる頃には、額にうっすらと汗が滲《にじ》んでしまったが、そんなことは気にしていられない。何かしていた形跡を隠すことを忘れてはいけないと、額に滲んだ汗もしっかりと拭うのは忘れない。

とりあえず、髪と目は何とか前の状態に戻せた。

あとは消えた刻印を認識阻害魔法で再現できればいいだけ。

刻印の形を思い出し、ナーサディアが認識阻害魔法を使おうとしたその時。

塔の下の方から、何者かの足音が聞こえた。

慌てて周辺の気配を探る魔法を使い塔内の人の動きを探ると、やはり何者かがこちらに向かって来ているではないか。

刻印を再現するには時間がないと考えたナーサディアは一回魔法を使うことを諦め、ベッドに座って今起きましたという雰囲気をよそおってぼんやりと外を見つめる。

コンコン、とノックに次いで『失礼致します、ナーサディア様』と柔らかな執事の声が聞こえた。

「……はい、どうぞ」

「失礼致します」

ナーサディアからの返事でバートランドは室内に入り、足元に膝をついて座ってから頬にそうっと触れた。

「……腫れが引いておりませんね。本日の授業はお休みだそうですので、今日は一日ごゆっくりなさいませ」

「あり、がとう」

ぎこちなくなりながらもお礼を言って顔を上げると、目を丸くしたバートランドと視線がかち合った。そういえば、この執事はナーサディアの刻印のない顔を初めて見た、と後になって気付いたが、彼は問い詰めるでもなく、まじまじと顔を見つめた。

「お嬢様……刻印が……」

「え、と……その、さっき目が覚めた時に、少しだけ魔法の練習をしていて……、あ、あの、刻印は消えていないのだけれど、見えないよう……えっと、認識阻害魔法を、かけて、いて」

「左様でございましたか」

「ま、前から、練習は、していた、の」

「存じておりますよ、勿論《もちろん》。……そうか、このためだったのですね。……とても、頑張りましたね……ナーサディア様」

「……あり、が、とう」

突然バートランドから優しい言葉をかけられて、変なくすぐったさのようなものがナーサディアを襲う。バートランドはナーサディアのしどろもどろな言い訳をきちんと信じてくれたようで、ひとまず安堵《あんど》の息を零した。

咄嗟《とっさ》に吐いたナーサディアの嘘《うそ》を聞いて、バートランドは納得したらしい。数度頷いてから優しく微笑《ほほえ》みかけてくれたのだが、驚いたのはその後に続いた言葉。

「……………奥様には、認識阻害魔法を習得しているという事実は、内緒にしておきましょう」

思いがけない言葉に、ナーサディアは驚いた。かつてナーサディアが両親の愛を切望していたのを知らないわけではないのに、母に報告しましょう、と言わなかったのだ。それどころか続いた言葉にきょとん、と目を丸くしてしまった。

「奥様は昨日あれほどまでに激高なされたのであれば、刻印を見えなくすることができると分かった途端、お嬢様を引きずってでも本邸に戻すことでしょう。……この老いぼれは、お嬢様に、あのような所に戻ってほしくはないのです」

「そう、なの？」

「はい。きっと、奥様は容赦などなさいませんでしょう。だから、我らだけの秘密にしましょう。良《い》いですね、ナーサディア様」

良いのだろうか、と心のどこかで引っかかるような感覚があった。もしも、隠していることが知られてしまっては、優しい彼らが罰せられはしないだろうか、と不安ばかりが大きくなっていく。

「ご心配なさいますな。我らは、決して負けたりしませんよ」

自信満々に言い切った老執事の言葉を、今は信じてみようか、とナーサディアは思った。何故なら、心底、己を心配してくれている様子が分かったからだ。

「この塔にいる人間は、全員、お嬢様の味方でございます。我らはこの事実を、誰にも申しませぬ」

「ほ、ほんとう？　……皆の傍《そば》にいても、良い？」

塔にいる使用人たちは、幼いながらに感情を消し去ったようなナーサディアを、心の底から心配していた。どうにかして、そんな状態から解放してあげたいと思うのだが、なかなか上手《うま》くいっていないのが現実ではあった。

そんなナーサディアのことを大切に思う使用人たちの一人として、バートランドはナーサディアのことを何とかエディルの手から守りたいと考えていた。

バートランドは、ナーサディアが今この瞬間髪の色と目の色を認識阻害魔法で誤魔化していて、実は刻印が消えてしまっていることには気づいていない。あくまで髪や目の色は以前のままで、刻印のみを認識阻害魔法で見えなくすることに成功したと勘違いしている。

しかしどちらにせよナーサディアが認識阻害魔法を使えるようになったという事実は変わらない。バートランドはナーサディアがこの魔法を使えるようになったと侯爵夫人に露見してしまったら大変なことになると考えていた。

今更刻印を隠せるようになっただけで、エディルのナーサディアに対する愛情が復活するとはとても思えない。

刻印を隠せると知られれば、逆にエディルはナーサディアをこれまで以上に便利な道具として扱い始めるだろう。

結局、彼らが大事なのはベアトリーチェだけなのだから。

このような状況になったからこそ、バートランドは自分たち使用人がナーサディアのことをより一層守らなければいけないと感じていた。

「……はい。私たちでよければ、いつだってナーサディア様の傍におります」

そのバートランドの言葉を聞いたナーサディアは、これ以上ない喜びを感じていた。

ちゃんとナーサディア自身を見てくれて、想《おも》ってくれているというのがよく伝わってきたからだ。

侯爵家に長く勤めているからこそ、心配しながらもナーサディアに有益な世渡りの術《すべ》を教えてくれるこの執事のことが、彼女は大好きだった。疲れているときや、勉強していてうたた寝しているときなどは、そっとブランケットをかけてくれたりもする。

好きなのはバートランドだけではない。

世話を焼いてくれる二人目の母のようなメイドのカリナも、おしゃべりが大好きで色々なことをナーサディアに話して聞かせてくれるもう一人の姉のようなメイドのチェルシーも、そして、いつもナーサディアのことばかりを考えて胃に負担のかからないような美味《おい》しい食事を作ってくれる料理人のドミニクも、本当に大好きだった。

皆、優しすぎるのではないかと思うくらいだが、彼らに一切の下心はない。

「ナーサディア様が我らのことを想い、頑張っていらっしゃるのは皆、知っております」

「え……」

「我らが悪く言われないよう、頑張って気丈に振る舞ってくださっているでしょう？」

「あ、の」

「ナーサディア様が頑張ってくださっているのが分かるから、我らもお力になりたいのです」

「だ、って……あの……そ、それ、は。で、でも」

バートランドは、しどろもどろになってしまうナーサディアの頭を撫《な》でようと手を伸ばすが、彼女はこれまでの経験上、体を強張《こわば》らせてしまった。謝っていいのか、それすらも分からずに硬直したままになってしまうが、バートランドは優しい口調で続ける。

「せめて、我らの前では……ありのままであってください。ナーサディアお嬢様」

初めてもらえた欲しかった言葉に、ナーサディアはついに泣き崩れた。

王太子妃教育を受けている最中、辛いことばかりだった。それでも泣いたことはなかったけれど、人の温かさにようやく触れ、心の底から大声を出して、思い切り、泣いたのだ。

「うわあああぁぁぁぁぁぁ……っ!!」

「……知識や経験は、決して無駄にはなりません。大丈夫……大丈夫ですよ、ナーサディア様」

泣きながらも、バートランドの声はよく聞こえていた。『大丈夫』と、何度言ってほしかったか分からないが、ようやく言ってもらえた、と安堵した。

バートランドの言葉に、しゃくりあげながら何度も頷き、どうにかして凍り付いたようないつもの表情を変えようと、必死に口の端を上げていく。笑いたい、でも難しい。

とてもぎこちなく、歪んでしまっていたが、どうにかしてナーサディアは笑ってみせた。

それはお前は道具であると両親から告げられ、本邸を追いやられ、この塔に閉じ込められてから初めての、くしゃくしゃながらも見せることのできた、年相応の笑顔だった。

◇◇◇◇◇◇◇◇◇◇

手の甲にダイヤモンド（ナーサディアはダイヤモンドだとは信じたくない）が宿り、双子の片割れと同じように行われる王太子妃教育を受け始めて、もう五年が経過していた。引き離されたのが九歳のとき。いつの間にこんなにも月日が経過したのだろうか、と十四歳になったナーサディアはぼんやりと考えていた。

何回、誕生日を迎えようとも父母はこの塔には来ない。お情け程度に、成績が良かったから、と金貨の入った袋をもらうだけ。

ベアトリーチェは勿論、両親に盛大に祝ってもらえているようだ。それはそうだろうな、とナーサディアはとてつもなく冷静に考える。彼女の『妖精姫』と呼ばれるほどの美貌は現在も勿論健在で、年を重ねるごとに美しさが増しているという。

たかが五年、されど五年。

この間にナーサディアの魔法の腕は更に上がっていた。当然ながら、認識阻害魔法の腕も上がっていたのは言うまでもない。ダイヤモンドが手の甲に現れてから消えてしまった刻印も、以前のようにあるように見せられるまでになっていた。

バートランドを含む使用人たちはナーサディアの刻印がまだあると思っているので、会う人によって必要に応じて刻印を消したり見えるようにしたりと、実はナーサディアはとても忙しくしていた。

彼らは刻印が薄くなるようにとこっそり薬を入手するなど、少しでもナーサディアの役に立とうとしてくれていた。さすがに申し訳なく思い、バートランドにお願いして顔の半分を覆うマスクのようなものが作れないかと相談したところ、快く了承してくれた。

きっと、『自分の前では刻印を隠しているけれど、魔力を消費し続けることがナーサディアの負担になっている』と思ってくれたのだろう。何かあったときのための替えも用意してくれて、彼には頭が上がらなかった。そのおかげで、刻印がないことを気にする必要はなくなった。

ナーサディアの刻印を疎むだけでその刻印を隠そうともしなかった両親と比較すると、塔にいる使用人たちは、どうにかして力になれないか、と考えてくれ、刻印に対応してくれた人たちである。それだけでも、彼らはナーサディアの心の支えとなっていた。

塔にいる使用人たちと話す時だけが、唯一、ナーサディアが『自分』でいられる時間だったが、それも五年という歳月で少しずつ変化してきていた。

そして、その間に、ベアトリーチェは正式に王太子の婚約者となり、王太子妃となった。一時はエディルによりナーサディアをベアトリーチェの侍女として自由に使ってよいという提案が王妃になされていたが、王国側からはとりあえずナーサディアについては今まで通りハミル家の屋敷の敷地内で暮らしてくれていればよいと返事があった。それゆえにナーサディアはベアトリーチェが王太子妃となったあとも塔の中に幽閉され続け、ベアトリーチェが受けている王太子妃の教育と同じ教育を受け続けていた。

王太子妃の教育が終われば、いずれ王妃教育が待ち構えているのだろうが、ナーサディアにはどうでもいいことのように思えてならなかった。

塔からは変わらず出られることはなく、ただ毎日、王太子妃教育をするための教育係が王宮から派遣されてくるだけ。日々学問を修め、マナー等ありとあらゆる物を身につけるだけの日々を過ごしていた。教育係には皆、箝口令《かんこうれい》でも敷かれているのだろう。ナーサディアがどうしてこのような扱いをされているのか、何となく察していても聞くことはなく、騒ぎになるようなこともなかった。ただ、この日々を過ごすだけ。

教育係たちはベアトリーチェとナーサディアには、『刻印の有無』と『王太子妃であるか、そうでないか』くらいの違いしか感じていないようだった。ナーサディアが良い成績を修めれば、彼らは言葉少なにも褒めてくれる。恐らくその報告は本邸にも届いているのだろう。そういう時にやってくるエディルは大層機嫌が悪かったから。道具として成長し、価値ある存在になっているのが嬉《うれ》しい反面、あのナーサディア如《ごと》きに価値が出ているなんて思いたくなかったのだろうが、成果が出ているのはひっくり返しようのない事実なのだ。

とはいえ、侯爵夫妻がやってくるのはふと思い出したから、あるいはナーサディアが褒められた時、『調子に乗るな』と罵倒しに来るくらいのものだ。最初は消えた顔の刻印を魔法で再現していたのだが、段々億劫《おっくう》になってきたナーサディアが顔の半分を覆う仮面を着けるようになってからは、さらにやってくる頻度は減った。

侯爵夫妻はベアトリーチェと同じ顔をしているナーサディアが、わざわざ仮面を装着していることを、自分たちへの当てつけだと信じ切っていたから、余計に足が遠のいたのだと思う。

そして、塔に遊びに来るとあれだけ話していたベアトリーチェも、遊びになど来なくなった。

全く来なかった、というわけではない。初めのうちは頻繁に通ってきてくれていたのだが、来たとしても、今の自分がいかに忙しく、そして国の貴族令嬢の見本にならねばならないかを自慢するような話ばかりへと、会話の内容も変貌していった。

無邪気なだけの子供ではなくなってしまったのだから、立場も考え方も変わってしまうのは仕方のないことだとは理解しているつもりだった。

十歳にも満たなかったあの日、離れるのが嫌だと二人で抱き合って泣きじゃくったあれは、もうベアトリーチェの中では単なる『良き思い出』でしかないようだ。

ナーサディアの存在は隠し通されていたから、ベアトリーチェも外で片割れのことを次第に話さなくなっていった。エディルがそう指示したから、ということもあるが、話しても刻印のことを知らない令嬢には、ベアトリーチェと同じ顔、同じ声、同じ体つきの、二人目の妖精姫がいるのだと思い込まれてしまう。

人間というのは不思議なもので、自分が褒められている、もしくは会話の中心にいる間は大して気にしないけれど、自分以外が輪の中心になってしまうと、途端に承認欲求が激しくなってしまう。普段から称賛されることの多いベアトリーチェはなおさら。

話を逸《そ》らしているうちに、己の片割れを話題に出すことすらやめてしまった。

日々の報告を聞くエディルはほくそ笑み、同じように聞いていた王妃も自然と納得していたようだ。知られていない存在を話題に出す必要性は感じられなかった。

そうして、ナーサディアは使用人たち以外と会話をする機会が物凄《ものすご》く減ってしまったこと、迂闊《うかつ》なことを言ってしまうたびにエディルからとてつもない折檻《せっかん》をされてしまうことから、無表情でいることの方が多くなっていった。

話をしてもしなくても、大して問題なく、最低限の意思疎通ができれば、それで良いと思ってしまったのだ。

王太子妃教育も佳境に入ってきた。それはナーサディアもベアトリーチェも同じこと。いつものようにベアトリーチェができることを、ベアトリーチェの速度に合わせて慎重に進めていく。

教育が進むにつれ、人の出入りも自然と多くなっていくので、髪の色も目の色も頻繁に変える必要があった。

何が幸いするのか分からないもので、髪の色を変えることにも、瞳の色を変えることにもすっかり慣れてしまった。けれど、最近ナーサディアは思っていることがある。

今の己の髪は、己の瞳は、元々生まれつきの色ではなかったのではないか、と。変化してしまった、元の色とは違う髪と目の色がしっくりきすぎている。鏡を見れば見るほど。手の甲にあるダイヤモンドも、驚く程に馴染《なじ》んでしまっている。


（わたしは、一体、何者なのだろう）


正直、分からなくなっていた。

顔の刻印が原因で両親からは疎まれ、大切にしてきた双子の片割れも今や遠い存在。

王太子妃として華やかな場所で、堂々としているベアトリーチェ。

時に彼女に寄り添うように立っていると聞くエディルやランスター。そこに、ナーサディアの居場所など、あるわけがない。

きっともうこの塔からは出られないまま、万が一に備えて生かされ続けるだけの人生。果たして、それで生きていると言えるのか。

いや、生きてはいる。何の楽しみもないまま、無駄な生を、ただただ続けなければならない。

もしも、ハミル侯爵家の道具という役割が消えた場合は、どうなってしまうのか……なんて、考えたくはなかったが、心細くなるふとした瞬間に考えてしまった。

ある程度経てば、両親はここから出してくれるのではないかという淡い期待をどうやら、ナーサディアはまだ持ちえていたことに、幾度となく味わった絶望をまた味わった。これ以上何かを期待しても無駄だということは理解していたつもりだったのに。

何度も魔法の練習を行い、ベアトリーチェの使い方に近付ける。魔法の練習をしているところを塔の外からうっかり誰かに見られたら、『内緒で里帰りをした王太子妃が塔の中で魔法の練習をしていた』という話で片付けるとは、常に言い聞かせられていた。そうまでして万が一のための道具という存在を用意しておきたいのか、と思うと笑いすら零れた。

「……バッカみたい」

決して、人がいる前では出すことのない令嬢らしからぬ口調と、冷めきった目。何もかもを信じていた頃からは想像もつかないほど、冷えた雰囲気を纏《まと》うようになっていた。

そんなナーサディアは、逃げようと計画をしたこともあった。

塔の入口を外から塞がれているわけでもなく、窓に鉄格子が嵌《は》められているわけでもない。

どうにかして……と思って脱出計画を考えはしたが、ふと、思った。

自分がもし、単独で逃げればどうなるのだろう、と。

逃げた場合、まず間違いなくエディルやランスターは使用人たちを責める。想像したくはないが、拷問までしてしまうかもしれない。

では、ナーサディアが魔法の腕をもっともっと高めて、皆を連れ出せる状態ではどうか？

認識阻害魔法が使えるようになったあの日から、ナーサディアの魔力値はとてつもないものになっていた。

きっと、これなら彼らを守りながら逃げられる……と、思った。

だが、それも難しいと思った。

ナーサディアが屋敷の敷地から外に出たことは数えるほどしかない。

つまり外の世界に自分が助けを求められるような人間はいない。

そんな状況で脱出して、恐らく追っ手も差し向けられるだろう中で、使用人たちの命を自分一人で守り切ることはできるだろうか。

考えて、考えて、そして、逃げることはやめた。

逃げないことで、自分を大切にしてくれた使用人の皆を守ることを選んだのだ。

自分がこの塔にい続けさえすれば、少なくとも使用人たちに危害が加わることはない。

けれどいつかは、ここから出たい。その思いだけは忘れないように胸の奥底に仕舞い込んだまま、時は流れ続けていた。

今日はどうやら本邸への来客があるようだ。ナーサディアが零した独り言は、本邸から聞こえる複数人の大きな笑い声でかき消されてしまった。

誰が来たのかは知らないし、知らされていない。ナーサディアは侯爵家令嬢でありながら、いないモノ扱いだから。

あの明るい場所に駆けていけたら、どれだけ幸せなのだろう。『お母様』と呼びかけながらエディルに駆け寄り、優しく抱き留めてもらえたら、どれだけ嬉しいのか。どれだけ温かな気持ちになれるのだろう。己に問いかけても答えは出てくるはずもなかった。

しばらくベッドに仰向けになっていた。それも少しして飽きたので、日々用意してもらっている大量の本の中にお気に入りの冒険譚《ぼうけんたん》を見つけ、それを読むことにした。寝転がっていても見える景色は変わらない。

見えるのは塔の石造りの天井だけ。

しかし、外で交わされている会話の内容までは聞こえないけれど、何か話していることだけは分かるし、やけに声が近くから聞こえてきている。何かあったのかと、背伸びをしてそーっと窓の下を見てみた。

なるべく外に自分の姿が見えないように気を付けて見下ろした視線の先、この蒼《あお》の塔へと続いている道の途中で、あの父と母が慌てていた。

父は顔色も悪そうで、会話をしている誰かに対して、何か必死に訴えかけているようだが、何をしたいのかは分からない。

そのうち、慌てた様子のままで父はどこかに立ち去ってしまった。

普段はあんなに目に見えて慌てることなどないというのに。一体どうしたのだろう、と薄れきった興味を向けてはみるも、思ったより思考は長引かず、窓から離れて読書を再開した。

今日読んでいるのは王国に伝わる口承を、小説へと書き起こしたもの。

ナーサディアたちから見て数代前のとある令嬢が、隣の帝国に妃として嫁ぎ、その対価としてこの国が豊かになった、という話。それは人質ではないか？　とも思うが、子供向けの童話として綺麗な話ばかりが書き連ねられ、『そうして、お姫様は大きな国で幸せになりました。めでたし、めでたし』で終わるというもの。

一般的な童話なのだが、現実はそんなに甘くないのはナーサディアが一番よく知っている。

「それで終わるわけない……」

読むたびモヤモヤとする。この話に限らず、童話全てにおいて、だ。

「何も知らない人がお姫様になったところで、本当の幸せなんかあるはずないのに」

読み始めたものの、気持ちが今日は全く入らないと思って本を閉じた。そのまま椅子から立ち上がって手にしていた本を片付けていると、下から誰かが登ってくる気配がする。

使用人たちが何やら叫んでいる気配はするが、そこそこ分厚い木の扉なので何を言っているかまでは聞き取れない。

足音も段々大きく聞こえてくるのでナーサディアは警戒心を強めた。

今は人がここに入ってくる前に魔法で髪の色と目の色を変えることもあり、不用意にこの部屋に入ってきてほしくないから、塔全体に感知魔法を張り巡らせていた。『ある日いきなり、染めてもいないのに髪も目も色が変わってしまった。しかも手の甲にはダイヤモンドがついている』なんて言ったところで誰にも信用されないのは目に見えているから、誰にも話していない。

塔の使用人たちにになら話しても大丈夫なのかもしれないが、これ以上彼らに心配をかけたくはなかった。

足音はどんどん大きくなり、そうして部屋の前でぴたりと止まり、扉が数度、ノックされた。

「……はい」

手早く普段着用している仮面をつけ、警戒心をたっぷり声に乗せて返事をすれば扉が開き、そこには不機嫌、というよりは困惑をたっぷりと表情に乗せた母・エディルの姿があった。

この母がここまでの顔をするとはよっぽどのことがあったらしいが、正直なところナーサディアの知ったことではなかった。だから、警戒心はそのままに硬い声で問いかける。

「……何か御用でしょうか、侯爵夫人様」

「帝国の……皇子様が、お前を呼んでいるのよ」

「わたくしは、何年も社交界に顔を出していない人間です。人違いか何かでは？」

思っていたより冷たく、嫌味っぽい声が出たことに自分でも驚く。

その通りの内容にエディルはぐっ、と押し黙りそうになってしまうが、震える声で言葉を続けた。明らかにおかしい様子の母親に、さすがのナーサディアも訝《いぶか》しげな顔になる。

「それが、人違いではないようなの。……早く、準備をなさい」

「……かしこまりました、侯爵夫人様」

カーテシーを披露して準備にとりかかろうとしたその時。

いけません！　と悲鳴のような声が聞こえて、次いで軽い足音、その後を追いかけるような急いだ足音が響き、母ではない人の手で扉が開いた。

「ようやく見つけた！　酷いんじゃないかな、侯爵夫人。僕の大切な姫を隠しているだなんて」

朗らかな声に、エディルは大袈裟《おおげさ》なほど肩を跳ねさせ、ぎぎ、と音がつきそうなほどゆっくりと背後を振り返る。

「皇子、殿下」

「いい度胸だ、僕の姫を隠し通そうとするなんてね。あ、ナーサディア！　ようやく会えたね！」

ただ一人、朗らかな青年が、明るくナーサディアに話しかける。反射的にカーテシーをする彼女に愛《いと》おしそうな、宝物に向けるような眼差《まなざ》しを向けた。

「……だ、れ？」

失礼かもしれないが、ナーサディアの問いかけに、皇子はにっこりと微笑みかける。

その微笑みがくすぐったくて、……ほんの少しだけどうしていいか分からなくて、ナーサディアは所在なさげにしてしまう。

別にそうする必要なんかないけれど、思わず一歩後ずさってしまった。

怖くはないが、初対面の人にこんな目を向けられるようなことはしていない。

礼を失しているにもかかわらず、エディルが何も言えないのであれば、ただ者ではないのだろう。そして、いつからいたのか分からなかったけれど、ベアトリーチェもいた。どうして、と問いたくもなるが、彼女も顔色が悪い。

きっと、彼はこの国の人ではないのだろうと思い、改めてじっと見つめる。

ウォーレンではあまり見ない黒髪に、前髪はアシンメトリーになっていた。髪の隙間から見えるイヤーカフは、耳に絡みつく蔦《つた》を模したようなとても変わったデザインをしていた。

そんな彼の出身国は、カレアム帝国。そこがどんな国であるのか、知らない者はきっといないだろう。

——魔法大国カレアム帝国。

今の皇帝には正妃と側妃《そくひ》合わせて皇子が四人、皇女が五人いる。

正妃の第一子が皇位継承権では優遇されるが、実力、健康、人柄、色々なものを総合して考えられている。現在は皇太子として第一皇子が、彼を支える存在として帝国内の公爵家令嬢が皇太子妃になり、既に隣に立っている。

その帝国の第三皇子、ティミス・イルグレッド・ルイ・フォン・カレアムはある理由があってウォーレン王国へとやってきていた。

一つは王太子と王太子妃への結婚の祝い物を贈るためというもので、表向きの理由はこれ。もう一つがティミスの本命とする理由だった。

そのもう一つの、そして最大の理由は、ティミスにとって唯一無二の存在、魂の番《つがい》ともいえる『宝石姫』と呼ばれる存在を探すこと。

宝石姫が持っている特殊な魔力の反応がウォーレン王国内で感知されたことから、この国に存在しているのは確かだった。

また、今代は皇太子を始めとして第二皇子にも『宝石姫』がおり、続いて第三皇子であるティミスにまでも『宝石姫』が現れた！　とカレアム帝国では大騒ぎになっていた。

なお、皇子だけでなく、皇女にも『宝石姫』は存在する。たまたま今代は出現していないが、かつては存在していた例もある。

魔法大国という二つ名を持つ帝国の皇宮内に存在すると言われている魔法石。

火、水、地、風、闇、光、それぞれの属性の宝石が力を蓄え、帝国民はこのおかげで一人一人の特性にあった魔法を、他国民と比較してより少ない魔力で効率的に行使できる。

魔法石の基盤を支える存在とも言うべきが、『宝石姫』。

彼女たちはその属性に合った石を身に宿している。火ならばルビー、水はアクアマリン、地はトパーズ、風はエメラルド。闇はアメジスト、光はダイヤモンド。

一つの属性に一人の姫。全員揃《そろ》うことは極めて稀《まれ》だと言われ、もしも揃うことがあれば紛《まが》うことなき『奇跡』なのだ。

一人いるだけでも奇跡と言われる存在が、今代は三人もいる。もしかして、残りの宝石姫もいるのではないかと、カレアム帝国では民が沸き立っていたが、まずはウォーレンで存在を感知できた姫を迎えねば、ということでティミスがやってきたのだ。

……だが実は、ウォーレン王国内に宝石姫がいることを、その事実が帝国内に広まる少し前からティミス個人は気付いていた。

ではなぜ気付いてからすぐにウォーレン王国に来なかったかといえば、それは調査のためであった。

ウォーレン王国内からは、宝石姫と思わしき魔力の反応が二つ検知されていた。

一つはウォーレン王国の王宮内。

もう一つがウォーレン王国内にあるハミル侯爵家の敷地内。しかもハミル侯爵家の屋敷ではなく、そこから随分離れた塔のような場所。

この二つの反応には強さに差があり、王宮内の方から出ている反応はとても弱い一方、ハミル侯爵家の敷地内から出ている反応は前者とは比較にならないほど強い反応だった。

恐らく本命はハミル侯爵家の敷地内から出ている反応の方。

しかしここで、ティミスはその反応が塔から動かないことにずっと違和感を覚えていた。

まるで、誰かによってその塔に幽閉されているような、そういう反応。

その可能性を感じたティミスは、まず最初にウォーレン王国の王宮内に秘密裏に帝国の調査隊を送り込んでいた。

王宮には王国の領地内にある様々な貴族の家系に関する記録が残っており、その中にあるだろうハミル侯爵家に関する過去の情報を全てチェックして、ハミル侯爵家が何か怪しいことをしているのではないかと確認しようとした。

そして、ティミスはハミル侯爵家が『隠し事』をしている確信を得て、こうして祝いの席につくという大義名分のもとにウォーレン王国内に入ってきたということになる。

一応、王宮内から出ている反応についても調べた方がいいだろうという目的もあり、先に行ったのは王宮の方。

もしかして、物凄く小さな欠片《かけら》を宿した宝石姫がいるのでは？　と側近に言われ、念のためにと接見した相手がベアトリーチェだったのだ。

王太子と王太子妃の祝いに来たのだから、表向きの理由を話して接見は叶《かな》った、のだが。

「違うな」

挨拶を済ませながら、ティミスからポロリと零れ落ちた言葉に、ベアトリーチェは困惑した。何が違うのかはよく分からないが、何となく嫌な雰囲気を持っていたからだ。祝いの言葉を述べてくれているのに、その言葉が上辺だけをするすると滑るような感覚に襲われた。

この人には早く帰ってもらわなければいけない、ベアトリーチェはそう考えたけれど、相手は帝国の皇子。さっさと帰ってくれと言うわけにもいかない。嫌な予感はじくじくと胸の奥に広がっていくが、表向きはあくまで冷静に。

そう思われている当の本人はベアトリーチェのことなど気にもかけず、キョロキョロと辺りを見回している。ティミスは表面上穏やかな笑みを浮かべたまま、並び座る二人にこう問い掛けた。

「一つ質問してもよろしいでしょうか。……ここから……ええと、大体この辺りにある場所、そう、ここだ！」

ティミスが手を出し、空中にウォーレンの王宮周辺の地図を投影する。次いで、ある場所を点で示して、にこやかなまま続けた。

ティミスはとぼけた表情を装うが、そもそも最初から本命はこっちだ。

ハミル侯爵家の敷地。しかもその敷地内の、屋敷からは距離がある一本の塔。

ここに、宝石姫はいる。

「ここ、少し調べても良いでしょうか？　場所から察するに……恐らく、どなたか貴族の邸宅だとは思いますが」

いきなりの提案にウォーレンの王太子・アルシャークは少し訝し気な表情になる。

「ティミス皇子殿下、何故そのような必要が？」

「不思議な魔力反応を見つけてしまったのです。もしかしたら、学術的に貴重な発見ができるかもしれない。我が国が魔法大国だと言われているのはご存知かと思いますが、どうにもそういった反応を感知してしまうと確認したくなり……」

「あぁ、なるほど。確かあの場所は王太子妃の実家のあたりです。そうだよね、ベアトリーチェ？」

「（あれは……っ、あそこは……）」

点が示す位置は、紛れもなくナーサディアがいる『塔』。あそこが自分の家だということは嫌でも分かる。アルシャークに問われているが、返事ができないままでいた。

顔色を青くしてガタガタと震え出すベアトリーチェに、アルシャークは手を伸ばして心配そうに己の妃の手を握った。握った手のひらは冷たく驚くほど冷え切っていた。

「ベアトリーチェ？　……どうしたの、体調が悪い？」

「え、っ……あ、いや、大丈夫、ですわ……」

はっ、と我に返り、慌てて微笑みを浮かべる。

だが、ナーサディアの存在は知られてはいけない。両親が、ベアトリーチェが、必死に隠しているのだ。表情で悟られないように気を付けたいが、全てを見透かしたようなティミスの目から逃れられず、膝の上に置いていた手をきつく握った。

ベアトリーチェの頭の中を母の言葉が駆け抜けていく。

『良い？　ナーサディアは、ベアトリーチェ、貴女《あなた》に王太子妃として幸せな人生を送ってほしいということを望んでくれたの。でも……あの子は顔の刻印をとても気にしているでしょう？　だからね、あの塔で自分の存在を誰にも知られることなく密《ひそ》やかに生きていきたいと願ったの……。勿論、お母様は反対したけれど……っ、あの子の意志はとても強かったわ。ベアトリーチェ、ナーサディアの思いを無駄にしてはいけませんよ、良いですね？』

分かっています、ナーサディアの存在を絶対に誰にも悟らせなどしません、と心の中で呟いて、大きく深呼吸をした。

母の歪な思いを知らない、知ろうともしていないベアトリーチェは、今こうして必死になっていた。

ほぼ幽閉同然に塔に閉じ込められ、九歳からほとんど外に出ていないナーサディア。当然社交界には一切顔を出していない。これほどの年月をかけてきたのだ。ベアトリーチェにナーサディアという双子の妹がいることを覚えている者は、もうほとんどいない。ナーサディアの話題そのものがお茶会などの場で上がらなくなっているのだから。

だから、これからもそうしていくつもりだったのに。

「ティミス皇子殿下、恐れながら……そちらの地図に記されております場所は、わたくしの家でございます。ですが、何もございません。わざわざ訪れずとも、わたくしが確認をいたしますよ？」

優美な笑みで柔らかく提案してみたが、ティミスの底冷えするような視線に一瞬貫かれ、ベアトリーチェの体がぎくりと強ばった。

「あぁ……これはこれは。失礼ながら、王太子妃殿下には感知できぬ種類の魔力かもしれませんね。だが、わたしは、きちんと確認をしたいんだ」

一言一言、しっかりと区切って言われた内容は、そこまで難しいことでもなかったのに、言い知れぬ圧を感じ、かろうじて『それは、失礼しました』と謝罪の言葉を口にした。

せめてそれならばアルシャークに知られてはいけない。

「……でしたら、あの、わたくしがご案内いたしますわ。王太子妃として、そして我が家への案内係として、わたくしほどの適任はおりませんもの」

到着までに、本邸の使用人に指示を出してナーサディアを隠してしまえば良い。ベアトリーチェは、そう思っていた。だが、願いむなしく今に至っている。指示を出すための時間など一切与えられず、案内してくれるならば是非ともお願いします、と言われた上に、アルシャークから『急いだほうが良いんじゃないかな？』などと言われてしまったからだ。

ベアトリーチェがそんなことを考えていたなんて全く知らないし、また、この人は一体誰なのだろう、とナーサディアは突如やってきたティミスをまじまじと眺め続けていた。

ナーサディアは彼が一体何者かが分からなかった。ナーサディアは教育係によって一通りの教育を受けていて当然カレアム帝国の歴史も知っていたが、カレアム帝国の皇族の顔までもを覚えさせられたわけではなかったからだ。

ナーサディアをこの塔から外に出すことがない以上、顔までは覚えさせる必要が無いし、万が一今後ベアトリーチェの身代わりとして他国の人間の前に出すことがあればその時に絵姿など見せつつ名前と立場を認識させておけばいいと、そう考えていたから。

こんな醜い外見の娘に外遊の準備など必要ない。それが、王妃と侯爵家……もといエディルが出した結論であり、ナーサディアが外国の皇族と顔を合わせる機会なんて一生ないだろうと考えていた。

だが、今のこの状況に、ティミスを追いかけて四階のこの部屋に入ってきたベアトリーチェも、エディルも真っ青になる。こんなことになるだなんて、こんなはずではないのに、と二人の心の中の叫びが重なるが、それは誰にも知られることのない声なき悲鳴。

ベアトリーチェは、王太子から自宅の塔への案内を改めて命じられたので付き添ってこうして来ていたのだが、まさかティミスがこの場所まで迷うことなく歩いてきて、真っ直《まっす》ぐ片割れのいる部屋まで来るなんて思ってもいなかった。

ティミスと相対したナーサディアは、身体《からだ》に染み付いたマナー教育の賜物か反射的にカーテシーを行い、辛《かろ》うじて挨拶をしてはみた。

だが、自国よりも遥《はる》かに強大な帝国の貴人に対しての基本的な礼儀は、『帝国の挨拶』を返すのが正解とされている。貴族ならば知っていて当然のその礼儀を守れない者は容赦なく罰せられる。

……というのがウォーレン王国での常識であるのだが、ナーサディアの立ち位置を考えれば、今目の前にいるティミスが帝国の第三皇子であるということを知らないのは当然であったし、知らなくて当たり前。

そういったこと全てから、今まで徹底的に遠ざけられていたのだから。

「ようやく会えた、僕のナーサディア」

本来すべき自己紹介も、帝国式の礼もしていないにもかかわらず、ティミスはナーサディアに対して、大変機嫌よく、にこにこと微笑みかけているではないか。

どういうことなのか状況が理解できないエディルは穏やかな笑みも忘れ、忌々しげにナーサディアを睨《にら》みつける。睨まれたところで、別にナーサディアは気にしない。だが、そんなエディルを不意にティミスが振り返って静かにひたり、と見据えたのだ。

母親が、我が子を憎々しげに睨みつけるなど誰が想像しようか。しかも他国の、大国であるカレアム帝国の皇子がいるというのに。

「あ」

「問おう、侯爵夫人。そして王太子妃よ」

ティミスはとても綺麗に微笑んでいるのに、目の奥は一切笑っていない。

それどころか、視線には憎悪がたっぷりと込められており、エディルの睨む先にいたナーサディアを庇《かば》うように自然に移動して守るように立ちふさがっている。

「何故、彼女を幽閉した」

静かながらも迫力のある落ち着いた声で、ティミスはエディルに対して問いかける、答えを言わないなどということは許さない、そう言わんばかりに視線をまっすぐ彼女らに向けて。

言えない。

『妖精姫』とも呼ばれるベアトリーチェと同じ顔をした双子にもかかわらず、顔にこんな不気味な刻印があって、そんな娘を社交界に出したらハミル家自体が後ろ指をさされてしまうから、極力外には出さず都合の良い時だけ家の道具としてうまく利用してやろうと思っていた、なんて。

しかもこのくだらない理由はエディルとランスターしか知らない。

そして、ベアトリーチェは『自身の刻印を気にしているナーサディアは、自分の存在を知られたくないと自らこの塔で密やかに生活することを選んだ』と言われ続けた結果、両親のくだらない理由は知らないままであった。

長い年月が経過する間も、ベアトリーチェはどうしてそれがおかしいことなのか、という違和感も抱かないままずっと過ごしてきたのだから、ティミスからの問いかけに対する答えを持ち合わせていなかった。

ティミスはナーサディアが隠されている理由を尋ねたのだが、ベアトリーチェはナーサディアがこうして塔で育てられている本当の理由を知るはずもなく、弁明しようにも何も言えず、ただただ時間が過ぎていく。エディルも、帝国の皇子を目の前にしてナーサディアを幽閉し続けていた理由など、言えるわけがなかった。

ティミスを待たせることが大変な失礼に当たることだとは、二人とも認識しているのだが、蛇に睨まれたカエルのように動けないし口も開けなかった。しびれを切らしたティミスは、また、静かに言葉を続ける。

「言えないような理由があるのであれば、こちらもそれなりの調査をさせていただこう」

「お、お待ちください！　理由はございますが、これは我が家の事情でございます……！　そして、ティミス皇子殿下にとっては関わりのないことで……」

「へぇ」

ずしり、と部屋の中の空気が重くなった気配がした。明らかに怒っているのが感じられた。どうしてティミスがここまで怒っているのか、ベアトリーチェもエディルも理解できなかった。個々の家の事情が、帝国の人間にとってそんなにも重要なことなのかと考え込んでしまう。

しかも、社交界にほとんど顔を出していないはずのナーサディアのことまでティミスが知っているのは、どうしてなのか。調べるにしても誰かきっかけになる人物がいたのだろうか、など、様々な考えが頭を巡っていく。そんなことばかり考えているから無言の時間が続くのだが、結果的にティミスの怒りは膨れ上がっていくだけ。ひとつ、大きな溜息《ためいき》を吐いて更にティミスは言葉を続けた。

「侯爵夫人はご存知かな。……この王国と……いや、ありとあらゆる国と、我がカレアム帝国の盟約のようなものを。いや、盟約ではなくある種の『契約』かもしれないけれど」

「え……？」

「我が帝国では『宝石姫』、という存在が大変重要なことは知っているね？」

「無論！　存じ上げております！」

「宝石姫の覚醒の条件は長く続く歴史の中でもよく分かっていない。だがね、彼女たちには特徴があるんだ」

ようやく殺気や怒気をしまい込んで、ティミスはにっこりと微笑んだ。そして、続けた。

「身体のどこかに、大きな、それも原因不明の刻印が浮かび上がるんだよね。生まれた時から。薬を塗っても飲ませても、聖力で治療をしても消えないし小さくもならない。どうしようもないものだ。とはいっても、刻印があるから全員が『宝石姫』だとは判断できないけれど」

「……は？」

「でもね、変化があるんだよ。ある時を境に。……まぁ、そのきっかけも何が要因なのかは分からないけれど……、刻印が一気に引いて種になり、突然身体の一部に宝石が生まれるんだ。ある者は額、ある者は鎖骨、ほかには手のひら、手の甲、……色々な場所にね」

ナーサディアはそれを聞きながら自分の手の甲をそっと押さえる。まさか、そんなはずはない。だが、内容からするに自分がその『宝石姫』であることは間違いない。

手の甲にあるダイヤモンドの輝きは全く衰えてなどいない。生まれ出たあの日から、ずっと綺麗なままで、其処《そこ》にある。

「宝石姫の発する魔力は、とても特徴的にして強大だ。魔力の質の特徴は、我が帝国の皇家の血統者にして、宝石姫の番のみが察知できるものなんだけれど、それが数年前、この国から発せられた」

じわりじわりと頭に染み込んでくるティミスの言葉。

言い終わってから彼は、ぽん、とナーサディアの肩に手を置く。

「探し続けて、ようやく探し当てたよ。僕の姫を」

「わた、し?」

「そう」

ティミスの瞳に宿る感情をどう表せば良いのか、ナーサディアは分からなかった。熱っぽく、そしてどこか懐かしさすら感じてしまう不思議な感覚。だがそれ以上に伝わるのは温かな雰囲気。

「僕と一緒に行こう、我が宝石姫ナーサディア・フォン・ハミル嬢」

迷うことなく手を伸ばし、ナーサディアの手が乗るのを待っている。彼は、断られるなどとは微《み》塵《じん》も思っていないだろう。

果たして、差し出されたこの手を、この人を信じても良いのだろうか。ナーサディアはそれほどまでに警戒心が強く、また疑いの心が芽生えているのを感じていた。

それもそのはずだ。

一番最初に、他でもない家族から与えられた絶望が深すぎて、ナーサディアはどう判断していいものやら分からなかった。

ちらりと横目で母やベアトリーチェを見る。ベアトリーチェの顔に浮かんでいるのは困惑の色の方が濃いが、母であるエディルからはティミスがいなければ恐らく今にも殴りかからんばかりの殺気立った様子が感じ取れた。しかし、これまでの様子を窺《うかが》うにこのティミスと呼ばれている目の前の男性がカレアム帝国の皇子であることは理解したし、王太子妃であるベアトリーチェすら蒼《そう》白《はく》になっているのであれば、こうしてティミスといる限り自分は安全だということは分かる。

これまで帝国のことは王太子妃教育の中でも数えきれないほど繰り返し教えられ、聞かされてきたものの、実際に目の前にいる男性がその大国の皇子で、自分を守ってくれているということが、あまりに現実味がなさ過ぎて戸惑っていた。

「あの……えぇと、皇子、殿下」

「ティミスって呼んで?」

「ティ、ミス……さま?」

「うんうん、今はそれでもいいよ!」

ナーサディアから話しかけたことで、ティミスの顔がぱっと明るく輝く。喜ばれることはしてない……! と内心思いながらも、目が離せないまま、おずおずと問いかける。

「先程の、『契約』とは……」

「あぁそうか! それを説明しないといけないね! でもそっか、ナーサディアは知らなかったんだね。知らないならしょうがないか」

「は、はい……あの、すみ、ません」

「良いんだよ、契約については帝国の中でも限られた人、そして他国……例えばこの国、ウォーレン王国でもごく一部の人しか知り得ないんだ。国の高位貴族や王族くらいしか知らないんだから、ナーサディアが知らなくても問題ないんだよ」

ごめんごめん、と笑ってティミスはナーサディアの頬を撫でる。人に触れられたことが少なすぎるナーサディアは、それだけでびくりと体を強ばらせたが、ティミスは気にしなかった。

むしろティミスからすると、ナーサディアから話しかけてくれたのが嬉しくてたまらないようだった。

「色々な国との契約なんだ。もし、宝石姫が生まれたら、我が国に迎え入れることを無条件で許可してほしい。その対価として宝石姫の出自国の国民が魔法を使う時、魔力消費を半分にする宝石姫が生み出した特別な魔石を提供する。効力はその石がある間……まぁ、魔石が消えてなくなるなんて聞いたことはないけど。属性にかかわらず『魔法を使う』という行為は生まれつき魔力が少ない人にとっては辛いことなんだ。一度使うだけで全力疾走した直後のような疲労感に襲われる人もいるくらいなのに、それが半分になるのだから恩恵としては相当なものだ。……当代に存在するすべての宝石姫からも与えられるから、今回はえーっと……水属性と地属性、あとはナーサディアの属性の石が与えられることになるね」

それは知らなかった、と内心呟く。

書物の内容や人から伝え聞いて得られる帝国の知識だけでは、そこまでは知ることができなかった。というよりは、詳しく知っている人はいないというのが現実であろう。ここまで知っているのは帝国の一部の人と、帝国以外の国の王族や高位貴族だけであるということを知ったナーサディアは、『自分の家はどうだったのだろう』と考えるが、エディルは知っているようだった。

あの顔色の悪さからして、ベアトリーチェも宝石姫という存在については知っていそうだ。王太子妃であり、ゆくゆくは王妃となるのだから教えられているのかもしれない。だが、ナーサディアは知らなかった。意識してこれを伝えていなかったのではなく、知らなくても問題ないと判断されたのだろう、と推測した。どこまでも自分は除け者だ、とこっそり溜息を吐く。

しかしエディルもベアトリーチェも、刻印が宝石姫として将来覚醒することの前兆であることは知らなかったのだろう。もし知っていれば、将来の『契約』の時に備えて自分はもっと大切に扱われてきたはずだ。

契約ということは、国単位で行われているであろうこの習慣。手塩にかけて育てた他の国の令嬢も連れていかれることがあるのだろうか、と思うとどこかモヤッとした感情が湧き上がる。

いきなり家族と引き離される方の気持ちを考えていないのか、と声を荒らげたくはなる。だが、こうも考えられた。

ナーサディアのように目に見える範囲にこんな刻印がある人が、全て虐待されているわけではないかもしれないが、必ずしも家族に守られ続けているわけでもないだろう。刻印が消えて宝石が体のどこかに生まれて、宝石に価値があると理解した畜生のような家族なら、宝石だけを取り出して本人の命を奪うことまでしてしまうのではないか。

考えすぎかもしれないが、懸念されることだ。

カレアム帝国の皇族の人間が宝石姫の魔力を感知できるのであれば、迎えに来てもらい、帝国に招き入れられる……というか保護されれば、そのような危険からは逃げられる。安全な場所で過ごせるなら、それが何よりだ。

帝国は宝石姫を迎え入れ、姫の安全をしっかりと確保する。保護された側は安全を得られる。元の家族は取り戻そうと躍起になるかもしれないが、宝石姫を輩出した特殊な家柄と、帝国から魔石を授けてもらったという栄誉。これによって家族もおいそれと手出しはできなくなるし、やろうとしても『何故送り出した姫にそこまで固執する？』と周りが問うてくれるだろう。

なるほどな、とナーサディアは思い、改めて差し出された手を見つめる。この手を取れば、きっと自分は救われるのではないだろうかと、微《かす》かな希望を抱いてしまう。期待してはいけないけれど、逃げるなら今しかないのではないか、そう思う。

一方、そこまで聞いて、エディルははっと思い当たった。

数代前のハミル侯爵家から『宝石姫』が出されたおかげで、王家からとんでもない褒賞を得たことがある、と。その功績があったからこそ、侯爵家といえど平凡な家格でしかなかったのに、一気に名家へとのし上がったのだ、と。慌ててエディルがこれまで疎んでいたナーサディアに視線をやれば、長袖のドレスの袖口から見えた大きなダイヤモンド。

最近の報告書で、ナーサディアが長袖ばかり着ていると書かれているのを見はしたが、それがどうしたと気に留《と》めていなかった。

これまでの情報がパズルのピースのように、ぱちり、ぱちりとエディルの頭の中で組み合わさっていく。つまり、彼女は紛れもなく『宝石姫』なのだ。顔を覆う仮面を外さないということは、もしかして刻印が消えきってないだけかもしれない。刻印が消えるとはいっても、何もなかったかのようにするりと綺麗になるわけもないと、エディルは勝手に推測していた。

同時にぎり、と歯噛《はが》みする。そうだと知っていれば、もっと早く気付いていれば、大切にして、もっともっと今よりも完璧な淑女にしたのにと。後悔したところでとっくに遅いのだが。

「あってもね、宝石姫を実験台にしようとかそんなのはないからね⁉　僕にとって世界で唯一の存在なのに、そんな馬鹿みたいなことはしないよ‼　それはまず信じてね⁉」

慌てて言うティミスの勢いに押され、こくこくと頷くナーサディア。何でこの人はこんなに必死なんだろうと思うが、何故か信じられたから。

それを見て安心したように微笑んでから、ティミスは改めてエディルとベアトリーチェに向き直る。彼女らがびくりと体を竦《すく》めたが、そんなもの知ったこっちゃない。

ティミスのその目からは、一切の温かさが消え去っていた。

一切の感情が消えたティミスの目。けれど、どうして自分たちがそのような眼差しを向けられなければならないのか理解できない。エディルもベアトリーチェも、真っ青なまま互いに顔を見合わせた。

ティミスが大切に慈しんでいるのはナーサディアだけだと、この短時間だけで嫌というほど理解できた。だが、この家の事情やエディルの下心などは知らないはずだ。

どうにかしてこの空気を変えなければいけないとは思うが、迂闊なことは言えないし、言ってはならない。エディルが疎んできたナーサディアこそ、何よりも価値のある存在であった。その存在を今まで散々虐待してきたけれど、隠し通せていたはず。なのに、何故かティミスはこの家にやって来て、案内もなしにまっすぐここに来た。案内役にベアトリーチェが一緒に来ていたにもかかわらず、だ。

更にはナーサディアを幽閉していることまで把握していて、迷うことなく階段をずんずんと上り、この部屋に到達した。今この場でできることとしてエディルが考えついたのは、愚かであると理解していてもしらを切りとおすことだけだった。

意を決し、エディルは震える声で、どうにか微笑みを貼り付けて言葉を紡ぐ。

「恐れながら……、わたくしは何故、皇子殿下がそのようにお怒りであらせられるのか、理解できません。わたくしは、ナーサディアが大切だからこそ」

「え？」

ナーサディアは、つい口に出してしまった。被《かぶ》せるような言い方になったことに、「あ」と思い両の手で口を塞ぐも、その手をティミスに取られそっと口から離されてしまう。

「いいよ、ナーサディア。思うことを素直に言ってみて？　僕がついているから」

「えぇと……」

「大丈夫」

本当に言ってもいいものだろうか。

どうして、今のような状況になっているのかということを。父と母の歪んだ思いを、幼かったナーサディアに対してぶつけられ、『ナーサディア』として生きることは許されず、ハミル家の都合のいい道具として生きる道を突きつけられた、あの日のことを。

何となくの予測だが、それを言うと恐らくティミスはエディルだけではなくベアトリーチェも殺しかねない。先程の迫力はそれくらいのものがあった。

そして、エディルが今ナーサディアに向けているのも殺意の籠った眼差し。恐らく『言えばどうなるのか分かっているだろうな』と牽制《けんせい》しているのだろうが、ナーサディアはほとほと困り果てた。

手の甲にダイヤモンドが現れてから、そしてティミスにこうして寄り添ってもらった今、両親への恐怖心や期待、ありとあらゆる想いがことごとく消え去っていたのだから。

今までならば、愛されたいが故に無意識ながらも母を守るような言動をしていただろう。

だが、今の精神状態なら彼らなど怖くはない。自然と、口が開いた。

「私は、幼い頃にここに閉じ込められました。……それが大切に思った故の行動ならば……侯爵夫人のお考え、ご意思がどのようなものか……理解いたしかねます」

「お前……！」

あまりに自然に出てきた言葉に、驚いたのはナーサディア自身だ。恐怖を感じないにしてもこんなにすらすらと出てくるものなのかと思いはしたが、それ以上に驚いたであろうはエディルとベアトリーチェ。

悲鳴のような母の声、一層顔色を悪くしたベアトリーチェ、それぞれを交互に見ても何とも思わなかった。あんなに大切な存在だったのに。あんなにも、愛されたいと切望していたというのに。

「へぇ……あぁ、そうか。夫人も王太子妃も、君たちがこの子を先に捨てたから、宝石が主を守るために君たちに対しての感情をなくしてくれているのかな、これは。……あっはは！　これは素晴らしいね！　また報告書に書ける内容が増えたなぁ！」

無邪気にティミスは笑う。朗らかな笑い声で、今ここでは一人だけ浮いているが、ナーサディアはきょとんと目を丸くするだけだった。

双子の片割れや母が、生気を失っている。

先に自分から離れていったのはあの人たちなのに、どうしてだろう。

ベアトリーチェと引き離して徹底的に私を痛めつけたのに、どうしてそんな風に慌てるのだろう。

ベアトリーチェも、如何《いか》に自分が大変なのかナーサディアに対してつらつらと語るだけで、何も助けてくれなかったのに。

今更、自分たちが離したい手を繋ぎ直そうだなんて、厚かましいにも程があるだろう。『家族なのだから』という、あまりに脆《もろ》い、まやかしの言葉はいらない。こうして塔に閉じ込められて、外界から完全に遮断され、今まで育ってきた。

ナーサディアの世話をして育ててくれたのは、塔に通ってくる数少ない使用人たち。そして、勉強を教えてくれたのは王太子妃教育を施してくれた婦人であり、どちらも母ではない。母の愛など、もう覚えていないくらい幼い時にしか、もらったことはない。

「ナーサディア、そんな馬鹿げたことは言わないで。ねっ、私たち双子でしょう？　そんなことを言って、お母様を困らせてはいけないわ」

「そうよ、わたくしの可愛《かわい》いナーサディア！　わたくしは、貴女のためを思って……」

「侯爵夫人のおっしゃる『貴女のため』とは、何ですか？」

お母様、などと最後に呼んだのはいつか。そう呼ぶと不機嫌さをすぐ顔に出していたのに、今は母として振る舞いたいらしく、頬を引きつらせながらもナーサディアに対して微笑みを向けてきている。しかしナーサディアのため、とは本当にどういう意味なのか、心の底から分からず問いかけたが、まずは『侯爵夫人』という呼び方が気に入らなかったらしい。この人はここまで面倒な性格をしていただろうか、と思い答えを待つが、エディルからの返答は理解できないものだった。

「その呼び方をやめなさい！　優しく接してやっていれば調子に……」

「お、お母様……？」

怒りに任せてボロを出すところだったエディルは、ベアトリーチェの戸惑い交じりの声に慌てて口を噤《つぐ》んだ。

「……っ、ともかく、いい加減にしなさいナーサディア！　母の言うことが聞けませんか⁉」

少し、ナーサディアは考えてみた。

そもそも、『母』とはなんだろう。

この人は、ベアトリーチェにとっては大変素晴らしい母なのだと思う。子のことを心から慈しみ、大切にし、愛している。してはいけないことは駄目だと叱り、誕生日には盛大に祝う。互いの信頼関係もしっかりしているようだ。でも、エディルがナーサディアに対して向けていたのは憎しみだけ。それも顔に刻印があるから、という理由だけで。

だから尚《なお》のこと、どうしていいか分からないし、『貴女のため』という言葉の意味も分からない。というよりも、ナーサディアにとってエディル・フォン・ハミルという人は、どうでもいい人にまでなってしまっていた。

「……そもそも、どうして私があなたのような人間の言うことを聞かなければいけないのでしょうか。……侯爵夫人」

「え……？」

エディルは、ナーサディアの心底困惑したような顔を見て、じわじわとだが、ようやく実感できてしまった。

ナーサディアは、エディルとベアトリーチェに興味もなく、これまでのようにエディルがいくらナーサディアを叱ろうと、今はもう欠片《かけら》ほども心に響いていないことを。

ベアトリーチェも信じられないものを見るように己の片割れをじっと見つめる。今まではナーサディアが何を、どうしてほしいかまできちんと理解できていたのに、今はそれができない。表情も、感情も、読めなくなっていた。

「……今まで何の関心も持たなかったのに、今になってそうやって母親としての言葉をかけてくるのは……意味が分からないのですが……」

今までのナーサディアなら震えながら言っていたかもしれない言葉も、ナーサディアが反抗的な目をエディルに向ける勇気を振り絞ると同時に、あまりにあっさり告げられてしまった。

がくり、とその場で膝を折ったエディルにベアトリーチェが慌てて寄り添うが、もうナーサディアはそちらを見てすらいなかった。

ティミスがナーサディアへと差し出していた手は一度は引っ込められていたが、ナーサディアが彼に向き直ると、「ん？」と首をかしげて微笑みかけてくれる。この家にいなくてよくなるのなら、彼の手を取らないという選択肢はありえない。

「……私で、良いんですか？」

「勿論！　ナーサディア、来てくれる？」

「はい、私で良ければ連れていってください。……お役に、立てますか？」

「役に立てるとか、そんなのどうでもいい！　僕は君が良いんだ、ナーサディア」

改めて差し出されたティミスの手に自分の手をそっと乗せたナーサディアは、長らく浮かべたことのなかった笑みを、ぎこちなく浮かべてみせた。痛ましそうにそれを見て、優しく彼女の頭を撫でてから、ティミスは意識を集中させ、現在は塔の外で待機している己の護衛兼側近に念話《テレパシー》を送る。

『今僕は宝石姫がいる塔の中、最上階にいる。魔力反応を追ってお前も来い。良いか、我が国の近衛兵《このえへい》も忘れずに一緒に連れてこい』

かしこまりました、とただ短く返ってきた答えに満足そうに微笑み、ティミスはナーサディアを庇うように背に隠す。

まるで、いじめっ子から隠すように。

「さて、君たちはもう良いよ。これからナーサディアを連れて帰る手続きに入るから」

「そんな……！」

「塔に幽閉していた令嬢がいて、まともな愛情すら注いでいなかった。いや、注ぐ気がなかった、が正しいのかな？　ことの追及のため、色々される覚悟はしておくんだね。……夫人」

やめて、助けて、と泣き叫ぶ母と、母に縋《すが》り付くベアトリーチェを見ても、やはりナーサディアは何も思わなかった。

「(こころ、なくなったのかな。でも……ティミス殿下の隣は……何でだろう。すごく……温かいな)」

ぼんやりと考えながら、泣くエディルを見つめる。この人からの愛情が、あんなにも欲しかったというのに、もういらない。

「では、まずカレアム帝国に向かう準備をするために、僕が滞在させてもらっているウォーレン王国の王宮に行こうか。ナーサディアの身支度もしないといけないし、僕の荷物もあるからね。それに……この家の本邸に行ったとしても、ナーサディアの精神は落ち着かないし、良い思い出もないだろうし……何より、王宮で僕と一緒にいた方が君の身の安全は保証される。さぁ行こうか、ナーサディア、この塔の使用人たちは君に優しいかな？　君にとって、彼らは必要な人たちかい？」

「え……？　は、はい、良くしてくれて、います。大切な、みんな、です」

「なら、彼らも一緒だ」

「え」

にっこりと笑ったティミスが手を振るう。あっという間にティミスとナーサディアを包み込むように転移魔法陣が展開された。

「ではさようなら！　これからのことに、せいぜい言い訳を考えておくんだね！」

塔のあちこちで『うわ！』、『きゃあ！』と悲鳴が聞こえた。エディルとベアトリーチェが慌てて塔の中を確認したが、皆、いなくなっていた。恐らくティミスが先ほど展開した転移魔法陣で移動したのだろうが、的確にこの塔の使用人だけを選ぶなどどうやって……と思うも、ナーサディアがいる部屋に向かう間、彼は周囲も観察していたようだった。なにより今更思い出しても、既に転移した人たちを塔に連れ戻すことなどできない。だが、移動先はこのウォーレン王国の王宮。今の、立場的に王宮へ最も簡単に出入りできるのは、アルシャークの王太子妃になっているベアトリーチェ。ベアトリーチェは、王妃教育も開始されようとしていた頃合いなので、出入りするのは最も容易であった。次いで、ハミル侯爵家当主であるランスター。エディルも王宮に行こうと思えば行けるが、ランスターやベアトリーチェの付き添いで、という形が多かったので『簡単に』出入りできるわけではない。

王太子妃であるベアトリーチェの警護に当たっていた王宮騎士団の団員に、早く帰るように促されたベアトリーチェは足早に塔から出て、待機させていた馬車に乗り込み、先に転移魔法で王宮へと向かったティミスたちを追いかけるように戻っていった。エディルは本邸に戻って、自室に籠る。これから起こるであろう悲劇なのか喜劇なのか分からない出来事を考えると、震えが止まらなかった。

◇◇◇◇◇◇◇◇◇◇

本邸から追い出され、塔に押し込められて、外に出ることもまともにできなかった。

家のための道具、ベアトリーチェのための道具。そういう位置づけで生かされることになったあの日から、ナーサディアは社会的に抹殺されてしまった。

社交界に呼ばれることもない、お茶会にも呼ばれない。婚約を申し込まれるための釣り書きも届くことはない。ナーサディアの幼少期――エディルにまだほんのわずかの愛情が残っていた時期に社交パーティーに参加したことはあったが、だとしてもこれだけ長い期間ナーサディアを塔に幽閉しておけば貴族たちはナーサディアの存在さえ忘れるだろうというエディルの思惑は、ほぼ現実のものとなっている。

かつて自身が社会から隔離されることを知ったナーサディアは泣いて嫌がったが、両親からはただ、あっけらかんとこう返ってきた。

「だって、化け物が貴族社会で平穏に生きていけるわけなんかないじゃない?」

基本的に、貴族の子女であれば家の格にもよるが年頃の王子の妃、もしくは王女の配偶者という立場を目指すことが一般的だ。刻印さえなければナーサディアもベアトリーチェと同様に、こうした一般的な貴族としての人生を歩むことになったのかもしれない。しかし、刻印を持つナーサディアを憎み続けたエディルはそれを許さなかった。

だがここでエディルには見通しの甘さがあった。

第一に、ナーサディアを塔に幽閉することで世間からナーサディアという令嬢の存在を忘れさせられたとしても、幼少期にナーサディアが社交パーティーに参加したことがあるという記録自体は王国に残ってしまっているという点だ。仮に人々の記憶からは消えていたとしても、調査をすれば

『かつて社交パーティーに参加していた一人の令嬢が、ある時期を境にいなくなっている』ことなどすぐに分かってしまう。

第二に、ナーサディアが宝石姫であったということ。カレアム帝国は宝石姫の存在を魔力で感知することができるので、ナーサディアを物理的に塔に幽閉したところでカレアム帝国に対しては何の目隠しの役割も果たせていない。

つまりカレアム帝国が侯爵家に疑いの目を向けて、王国に調査に入った時点でナーサディアの存在が露見するのはある意味当たり前の結果だった。

ナーサディアが宝石姫であるとは知らず、まさか宝石姫の存在を魔力で感知されるとまで考えが至らなかったとしても、王国に残ったナーサディアの過去の記録を消した方がいいということさえ思いつかなかったエディルの展望の甘さに、調査報告書を見たティミスは思わず大笑いした。この程度で、全てが自分の思い通りになるつもりだったのか、と。

ナーサディアを無事に保護したティミスが、塔で彼女に仕えていた使用人たちもまとめて自国に連れて帰ると言い出したものだから、ウォーレンの重臣たちは慌てふためいた。

自分たちが、かつてベアトリーチェの双子の姉妹として社交パーティーに来ていたナーサディアという令嬢の存在を、いつからか完全に忘れていたということ。そしてそのナーサディアという令嬢が今になってあの宝石姫として覚醒し、カレアム帝国へ向かうということ。更に一部の貴族については、かつてナーサディアに対して『ハミル家の化け物姫』だと指をさして笑っていたこと。

何故今に至るまでナーサディアの存在を忘れていたのだろう。貴族たちはそれを考え、その原因がしばらく社交界でナーサディアの姿を見ていなかったこと、そしてベアトリーチェの母親であるエディルがいつの日からか『私の娘はこの自慢のベアトリーチェだけ』と社交場で言いふらしていたことにあったと理解した。

しかしそんなことは今に至ってはどうでもよい。

エディルが何を考えていたかはともかく、貴族たちがかつてナーサディアのことを蔑んだことは事実である。幼い彼女が顔を隠して刻印を見せないようにしているのに、無理矢理手を剝がして刻印を見せろとはやし立てたり、笑いものにしてみたり。幼子相手には鬼畜すぎる所業の数々をやらかしていた彼らが、今更後悔してもとっくに遅い。

ハミル侯爵家令嬢・ナーサディアが『宝石姫』として覚醒したことで、帝国に連れていかれることになった、という国からの知らせを聞いた貴族の面々は、どうにかしてこれまでのことが帝国の皇子に伝わらないよう、ハミル侯爵家に手紙を送り付けてきた。

だが、そもそも侯爵夫妻がナーサディアを虐げてきた張本人、筆頭なのだ。

自分たちの身の安全が保証されないのに、他人の安全などに気を配っている場合ではなかった。

なお、カレアム側はとっくにそれらの出来事は知っているし、どのようなことを、どこの家の子息や令嬢にされてしまったのかまで、全て把握している。

「どうしたら……良いの……」

形の良い爪をガリガリと嚙んで、今更ながらエディルは大層後悔していた。

ベアトリーチェが王太子妃、ナーサディアがあの『宝石姫』であるというならば、これ以上ないほどの家の栄誉であるけれど、自分たちはナーサディアを痛めつけ続けてきた。自分たちの子供ではないといわんばかりの態度しか取ってきていない。

その状態で、どうして胸を張って『親です！』などと言えようか。言ったとしても自分たちがやってきたことを思い返すと、周りが困惑するのは分かりきっている。

何よりも、あの時のナーサディアが自分たちに向けていた、心底興味のなさそうな眼差しを思い出して背筋が震えた。あそこまで興味をなくされているのであれば、何を言おうと、どうやって懐柔しようとナーサディアは父母になど見向きもしない。あれほど大切にしていた双子の片割れであるベアトリーチェに対しても同様の眼差しを向けていたのだから。

あんなに思い詰めなくても、と思ったところで、結局は夫妻の考えの幼稚さが招いた自業自得の結果だからどうにもならない。

「こんなはずではなかった……こんなことになるだなんて……」

泣いてもどうにもならないのに、涙は溢れてくる。

「ナーサディア……！」

刻印さえなければ、と何度思ったことか。でも、それこそが浅はかな考えだということに思い至れていないから、無責任にエディルはナーサディアに『許してほしい』と願うのだ。

別にナーサディアは怒りを抱いていない。悲しくもない。ただ、もう、どうでもいいだけなのにエディルはそのことを認めたくない、という思いで溢れていた。

しかも、ベアトリーチェにも泣かれてしまった。美しく愛らしい彼女の泣く姿に、どうしようもないほどこちらも悲しくなってしまう。

ティミスがナーサディアを連れて行った先は、ティミスが滞在しているこのウォーレン王国の王宮。出立する前に色々と準備がある、というようなことを言っていたが、もしかしたら帰り支度をする傍らで、ナーサディアへの虐待の数々について、のちのちハミル侯爵家に対してカレアム帝国が罰を与える、などと話しているかもしれない。どのような話をされているのか、考えるだけで恐ろしいが、やってしまったことに対する報いは受けねばならない。そう、母として。

母親の役目すら求められていないとも認めず、しかしエディルはただひたすらこの先何が起こるか分からない恐怖に、部屋に閉じこもったまま願っていた。

◇◇◇◇◇◇◇◇◇

一方その頃、ウォーレン王国の王宮ではナーサディアと共に転移してきていた塔の使用人たちが、オロオロと周囲を見回していた。塔とは比べものにならないほど広い客間。見るからに高価そうな装飾品や、誂《あつら》えられたであろうティーセットに、ふかふかとしていそうなソファー。カーテンもレース地のものと分厚い生地のそれが、一ミリのずれもない完璧な線対称のドレープを描いていた。

足元に広がった転移魔法陣はナーサディアとティミス、塔の使用人たち（仕事中）だけを的確にこの王宮にある、ティミスに宛がわれた貴賓室へと運んできたのであった。運んできた当の本人はナーサディアたちの滞在の許可をもらってくるから、と先ほど急ぎ足でどこかに行ってしまった。

結果、取り残されたナーサディア、そして老執事のバートランド、メイドのカリナにチェルシー、料理人のドミニクは、立ち尽くすこととなってしまっていたのだ。多分座っても問題ないし咎《とが》める人はいなそうだが、何をしていいのかも分からない。

この貴賓室、そして貴賓室から続く廊下までをしっかり守っているカレアム帝国の騎士であろう人物もいたのだが、『部屋の中には主の認めた者以外入れないよう、守っておりますのでご安心を』とだけ告げて、部屋の外に出て行ってしまった。きっと彼はこの部屋の扉を守っているのだろう。

しばらく呆然としていたが、カリナがおずおずと手を挙げて口を開いた。

「ナーサディア様……私たち、どうしたら……」

「あ、……っ、いきなりこんなことになって、ごめんなさい……」

はっと我に返ったナーサディアは泣きそうになりながら勢いよく頭を下げる。

「お、お嬢様！　そのように頭を下げなくても！」

「さ、さっき、ティミス、様に聞かれて……、あの、あなたたちが、私に良くしてくれるか、って……。それで、はい、って答えたら、ああ、なって……」

「ああ、なるほど……」

バートランドは納得し、理解したように何度か頷いた。塔で足元に広がったのは、転移魔法陣であること、それによって自分たちがここに来ていること。簡単にチェルシーやカリナ、ドミニクに説明する。

ナーサディアも、自分に何が起こっているのか、つっかえながらもどうにかこうにか説明をした。まず、自分が『宝石姫』という存在として覚醒していたこと、このウォーレン王国を出てカレアム帝国へ向かうということ。情報量の多さにバートランド以外の三人は混乱しているようだったが、ナーサディア自身が一番混乱しているということは目に見えて分かる。

まさか、まずウォーレン王国の王宮に来ることになるとは予想もしていなかった。

「……バートランドは、何だか、冷静……？」

「とんでもないことでございます。わたしが慌てては彼らも慌てふためくかと思いまして」

「……なんか、あの、ごめんなさい」

「お嬢様が謝られる必要はございませんよ。ですが、わたくしめらでよろしかったので？」

「なにが……？」

「カレアム帝国に向かう際の、側仕《そばづか》えの者たちです。我らには身に余る光栄ですが……その……」

「あなたたちが、良いの。……私の刻印を気持ち悪いとも、何とも言わず、ただの『私』の世話を焼いてくれた、あなたたちが」

ぎこちなくも、笑顔を向けてくれようとしている幼き主に、執事やメイドたち、料理人、数少ない四人の使用人たちは跪《ひざまず》いて深く頭《こうべ》を垂れた。

「ご意志のままに、我が主」

そんなに畏《かしこ》まられても困る、とナーサディアはオロオロして執事へと駆け寄る。

「……どうなされましたか、お嬢様」

「い、今まで通りにしていて……！　わ、わた、し……ここ、こんなに、豪華なお部屋に、いたことなんて、ない……！」

ティミスと二人並んでいた時は冷静なように見えたが、どうやら今になって力が抜けてしまったらしい。

これまで接してきたナーサディアだなぁ、と使用人たち全員が微笑みを浮かべる。いつまでも立ちっぱなしではいけないかと思い、半泣きの彼女の頭を優しく撫で、バートランドは落ち着けるようにと軽すぎる体を優しく抱き上げてソファーへと下ろしてやる。

「我らがおります、お嬢様。大丈夫ですよ」

優しく微笑んでやれば、ようやく肩の力は少しだけ抜けたようだ。こく、と頷いて足を揺らしながらナーサディアは窓の外にある月を見上げた。

「…………きれい」

もう、付けていなくても良いのだろうと判断したから、顔半分を覆っていた仮面をそっと外す。

それでようやく使用人たちは、ナーサディアの刻印のない本来の顔を見た。仮面を外したナーサディアの美しさに、その場にいた使用人たちは息を呑《の》む。

『妖精姫』と呼ばれるベアトリーチェと同じ、顔かたちの整った、ナーサディアの眩《まばゆ》い姿を、きっと忘れることはできないだろう。しかも、仮面を外したその後、ぼんやりと窓から見える月を眺めるナーサディアの姿は、まるで一枚の絵画のようにも見える。

一人だけ、バートランドは唯一ナーサディアの顔を見ても特に驚いていない様子だ。何らかの形で知っていたのか？　と、他の使用人たちは顔を見合わせ、そして、世話役のメイドが恐る恐る問いかけた。

「……恐れながら、ナーサディア様……」

「……？」

「お顔の刻印は……」

「消えていたの。……これが現れた時に」

すい、と手を上げてその場にいる全員に、手の甲に宿ったダイヤモンドを見せた。

それは、買おうとしたらどれほどの金貨が必要になってしまうのか想像もつかないほどの眩い輝き。大変美しいオーバルシェイプで、光の当たり具合によって、きらきらと七色に見える、素晴らしい光を放っている。

「……それって……本物？　です、よね」

「……取ろうと思ったけど、取れなかった……。あと、本物……」

ずん、と意気消沈した様子でぽつりと呟くナーサディア。手の甲にダイヤモンドが現れた当時のことを思い出して溜息を吐いている。ナーサディアの言葉から、当初はきっと、どうにかして取ろうとしたであろうことが窺える。朝起きてダイヤモンドが手の甲にあった時の驚きは相当なものであっただろう。

ナーサディアは九歳の時からずっと、何かの手違いで手の甲にダイヤモンドがくっついていると考え続けてきたらしい。だが、ダイヤモンドはくっつくというより、そこにあるのが当たり前のように光り輝いている。

「手の甲にこれほどの大きさで……。宝石については詳しいわけではございませんが……ふむ」

膝を突いてバートランドはじっと眺め、考えていた。

大きさなど、ナーサディアはどうでもよかったのだが、そんなことよりもこれが現れてから家族や自分を虐げていた人たちへの色々な感情が、ほとんど『どうでもいいもの』となったことの方が驚きだ。まるで、このダイヤモンドがいらないものを吸い取ってくれたかのように。

キラキラと光るそれを、ほう、と感嘆の吐息を零して見つめるメイド二人に、バートランドは呆《あき》れたような眼差しを向けた。

「はしたないですよ。良いですか、妙なことを考えてはならん」

「宝石はいつでも女性の憧れなんですから！　見ていられるだけで幸せなんです！」

「そうですよ！　あぁ、ナーサディア様の御手も真っ白で、よくお似合いです」

「似合……う……？」

「はい。そこにあるのが当たり前のような存在感です！」

言われて、ナーサディアは改めて自分の手の甲にあるダイヤモンドを見つめた。

カラット数が大きければ大きいほど価値はあるのだろうが、これは普通の宝石ではない。だが、こんなものをこれほどまでに目を輝かせながら見ている二人にわざわざそう言って水を差す必要もないのかと、ナーサディアは一人納得する。

「気持ち悪く……ない？」

「何がですか？」

「に、人間にこんな風に宝石がついてるの、って……」

「いいえ。何故かは分かりませんが……でも、ナーサディア様にはそれがあるのが当たり前なんだと、思えてしまっているんです」

不思議ですよねー、と笑うメイド二人の笑顔からは、嘘は感じられない。

どうしてこんな自分に優しいのか。

塔にいた時からそうだった。

皆、ナーサディアに対して屈託のない微笑みを向けてくれて、大切にしてくれる。逆らったら後で何をされるか分からないのに、エディルや本邸にいる使用人たちからも、守ってくれた。

「ありが、とう」

ぎこちないながらもお礼を言うと、それだけでも微笑んでくれる。

『家族』というものがあるのであれば、こういうものなのだろうか……と、色々な意味で緊張していたナーサディアはようやく落ち着いて数少ない使用人たちの顔を見た。

それに応えるように彼らは笑みを浮かべてくれる。

あぁそうか、彼らはナーサディアがこうして力を抜いているだけでも嬉しいのかと、塔にいた頃には考えつかなかった、自分に対する優しい感情をほんの少しだけ、抱けた。

優しい時間が過ぎる中、数度、ドアがノックされる。

ぎくりと体を強ばらせるナーサディアを守るようにしてメイドが前に立ち、執事が「わたくしめが」と言ってノックに対して返事をし、ドアを開く。

すぐに笑って客人をこちらに案内してくる様子に、ナーサディアは執事の背後からやってきた人物を見た。

「あ……」

「ナーサディア、大丈夫？　嫌な思いはしていない？　喉は渇いてないかな？　お腹《なか》はすいてない？」

柔らかな笑みで問いかけながら歩いてくるティミスに、ふるふると首を横に振って言葉にせず返答した。

「そっか。良かった！　……あのさ、嫌な意味じゃなくて聞いてほしいんだけど」

「なん、ですか？」

「ナーサディア、認識阻害魔法、ずっと自分にかけているでしょう？　疲れない？」

「えと……」

確かにかけている。髪と目に。いつから気付いていたのだろうと体を強ばらせたが、ティミスは怒っているような雰囲気ではない。

「違う違う！」

間髪入れずに否定したティミスを全員困惑したように見つめるが、ティミスはメイドに場所を譲らせてナーサディアの前までやってくると跪いて見上げた。

「ナーサディア、顔の刻印はもうないじゃないか。髪と目、そっちに魔法を使っているだろう?」

ぎく、とナーサディアが体を強ばらせるのと、使用人たちが不思議そうにナーサディアを見つめたのは、ほぼ同時だった。

「髪と、目?」

不思議そうに聞いてくるバートランドと、残り三人の視線を感じる。何となくそちらを向けなかったが、どうして使っている魔法がこんなにあっさりバレてしまったのだろうと考える。消費魔力は相当絞っていて少ないはず。

「(……どうして……)」

体は強ばり、呼吸が浅く速くなっていくのを感じた。

ゆっくり、ゆっくり、深呼吸をしてから、叱られてしまうかと不安になりつつティミスに視線をやったが、ティミスの表情に特に変化はない。あれ? と周りを見回したら使用人たちも「他にも魔法を使っていたの?」というような不思議そうな顔をしていた。

使用人たち全員が魔法を使えるわけではなく、ナーサディアがどこに魔法を使っているのかなど判別はできない。だが、ティミスは魔法大国と言われている帝国の皇子。何かしらのスキルをもって、あるいは道具をもって、ナーサディアの魔法を感知したのかもしれない。宝石姫の魔力の波長が特徴的だから、それで分かったんだろうな、と判断しておいた。

目と髪の色を隠していることをこうして知らされても、使用人たちに怒る気配は一切ない。思いがけない全員の反応にナーサディアだけが目をぱちくりとさせていた。

「大丈夫だよ、ナーサディア。ここには、君に害為《な》す人間なんていないんだ。怖がらないで」

「あ……」

怖かったのか、とナーサディアは改めて思った。

何かをするたびに母からの叱責にいつも怯《おび》えていたから、髪や目の色が変わっているだなんて、絶対に知られてはいけないと、思い込んでいた。

ティミスの言葉に、使用人たちも微笑んで頷く。

塔の生活で萎縮しきり、自分を隠し通すことがすっかり得意になってしまったナーサディアの心を、少しずつでも解きほぐしてあげたい。見事に全員、それと同じことを現在進行形で思っていたのだ。

『母』という立場で精神的にも、時には肉体的にもナーサディアを痛めつけ続けたエディルは、王宮内の客室《こ》までは入ってこられない。

更に、この部屋はティミスが滞在するため用意された貴賓室でもある。入ってくる資格があるのは、ウォーレンの国王夫妻、あるいは王太子のアルシャークくらいだろう。ベアトリーチェを妻としているアルシャークからすれば、ナーサディアはベアトリーチェと双子だから、自分も身内であると判断した、という理由で来るかもしれない。しかし少し前にナーサディアがベアトリーチェに対して相当な拒絶をしていることから、そうホイホイ来るとも思えなかった。

「……隠して、ます。髪の色と、目の色……」

だからこそ、ナーサディアはポツリと、とても小さい声ながらも、隠していたことを素直に告げた。

元の髪色と目の色からかけ離れてしまった自分の色を見て、気持ち悪いと思われたくない。化け物と言われたくない一心で、必死に隠していたのだ。

膝の上に置いた手をきつく握り、体はガチガチに強ばっていたが、ナーサディアにとっては精一杯の勇気。

今までこうしてエディルに対して隠しごとを話せば、容赦なくぶたれたし、酷い言葉を浴びせられた。

『化け物のくせに隠しごとをする悪知恵は働くのね！』

『本当に忌々しい子。隠しごとをするということは、それが後ろめたいからでしょう⁉』

そんなつもりはないのに、母に叱られたくなくて、怒鳴り声を聞きたくなくて、耳を塞いだら更に酷い罵声が飛ばされる。

そして、頬を思いきり叩かれた。

思い出すだけで体は強ばり、うまく呼吸もできなくなってしまう。

そんなナーサディアの様子をいち早く察したティミスは、自分の手を、彼女の小さな手に重ねた。

「大丈夫。……大丈夫だよ。ここには、君の味方しかいないからね」

静かなとても柔らかい声音に、少しだけナーサディアの緊張が解《ほぐ》れた気がした。

最初からずうっと、ティミスはナーサディアに対しては優しい言葉しかかけない。追い詰めるようなことも言わない。そして、何より視線がとても優しい。

「……っ」

「今まで怖かったね。……苦しかったね。……もう大丈夫、これからは僕や……君の世話をし続けてくれていた塔の使用人である彼ら、そしてカレアムの皆がいるよ」

『この国の人たち』と一括《ひとくく》りにして呼ぶ中には、塔にいた使用人たちやナーサディアが大切にしている人たちは含まれていない。塔にいた使用人たち以外――ハミル侯爵家に属する人間、そしてウォーレン王国の人間とは、これから決別するから。

女の子がたった一人あんな場所に閉じ込められて、身内からの愛情がほぼ一切与えられない中で育てられてきたのだ。しかも、その親は自分のエゴのためだけにナーサディアをあの塔へ追いやった。

使用人たちは逆らえば己の仕事がなくなるから、不満を言いたくとも言えなかっただろうが、ティミスは違う。

ナーサディアをここに連れてきて、まだ数時間しか経っていない。

だがティミスの仕事は前から始まっていた。

調査隊に、ハミル侯爵家に関してウォーレン王国に残っている記録を遠い過去のものまで含めて徹底的に調査するように命じていたのだ。

そして隠されていたナーサディアの存在が分かり、そこから芋づる式にあの両親が今までやってきたことが分かった。双子であるベアトリーチェは元はナーサディアのことがとても大切で、どうにかしてナーサディアを自分と一緒にいられるようにしようとはしていた。

だが、王太子妃としての教育が始まり、王宮にいる時間が少しずつ長くなるにつれ、時間的にも物理的にも引き離されてしまったことに加え、母であるエディルによっても遮られてしまったのだろう。アレはナーサディアを守ろうなどとはしていなかったどころか、両親の言うこと全てを信じ切っていたので、気にもかけていなかったのだ。

たった一人の姉妹なのだから少しでもどうにかできなかったのか、と思う。何も行動せず、愛される存在であり続ける彼女ですら、ティミスの怒りの対象になった。

「ナーサディア、嫌ならそのままでいい。でも、魔力消費がもしも辛いなら……僕たちの前でだけは、無理しなくて良いんだよ」

「………」

どこまでも気遣ってくれる彼の優しさが、じわりとナーサディアの心を満たしていく。

ふる、とナーサディアは首を横に振って『辛くない』と意思表示してみせた。

そして、深呼吸をしながら魔法を解除する。

ぱりん、という小さな音とともに、頭のてっぺんからナーサディアの髪色がみるみると変わっていく。

現れたのは見事なプラチナゴールドの髪に、薄い金色が混ざったけれどほぼ白に近い限りなく淡い金目。

「すごい……」

恐怖でもなく畏怖でもなく、その場にいる全員がただ、彼女に見惚《みほ》れた。

「……宝石の色に近くなる、とは聞いていたけれど……見事だね……これは……」

ティミスも、ナーサディアの髪色と目の色に思わずほぅ、と感嘆の吐息を零す。それと同時に、彼女の魔法の才能にも震えた。

髪と目、ピンポイントで色を変えて、それをずっと維持し続けているなど、並大抵の技術ではない。しかも魔力消費を極限まで抑えて行われていたのだから、余程、魔力運用が巧みでないとできるようなことではない。

満遍なく、丁寧に施されていた認識阻害魔法。いっそ自分にも教えてほしいものだとしみじみ思っていると、不安そうなナーサディアと視線が合った。

「気持ち悪く、ない……ですか」

「え？　全然？」

ティミスにあっさり言われ、ナーサディアが目を丸くした。慌てて使用人たちに視線をやると、彼らも同様に頷いている。

てっきり気持ち悪いだの、どうして隠していたのかを聞かれると思って身構えていただけに、ナーサディアから素っ頓狂な声が出てしまう。

「ど、して？」

「何で気持ち悪いと思うの？　こんなにも綺麗なのに」

「き、綺麗……？」

言われたことのない台詞《せりふ》の数々に、優しい声音、おまけに皆のあまりに温かい雰囲気。

これまで冷遇されきっていたナーサディアの精神は、別の意味で限界を迎え、ぐるぐると視界が回った後、ソファーにそのまま倒れ込んでしまった。

「な、ナーサディア⁉」

「お嬢様ー‼」

ティミスがぱったりと倒れたナーサディアの額に触れると、とんでもなく熱かった。

「……環境の変化と……雰囲気の変化に、耐えきれなかったかな……」

「恐らく……」

精神的な疲労からの発熱だろう、とは判断できるが、その辺りの医者、もしくは王宮医に見せると借りを作るようで、純粋に嫌だった。

後でナーサディアの状態を細かくカレアムの皇宮医に伝えて、どのように対処すれば良いのかを聞こうと思いつつ、ティミスはバートランドを手招きする。

「きみ、ナーサディアをベッドに運んでくれるかい？　それとそこの三人はナーサディアに飲ませるための水や冷やすためのタオル、着替えとか、この部屋の中のものを集められるだけ集めて」

「はい！」

「分かりました！」

貴賓室ではあるが、言うほどなにもかもが揃っているわけではなかった。ないものを手早く確認してから、メイドたちが慌てて冷水とタオルの追加分を手配してもらいたい旨を部屋の外に待機していた騎士にお願いする。バートランドがそっとナーサディアの体を抱き上げて運び、ベッドに寝かせた。

タオルは室内に数多くあったが、女物の着替えは数着しかなかった。ナーサディアのサイズを正確に把握しているのはメイドのチェルシーとカリナのみ。衣類は早々に買うかどうにかしないといけないことは全員の共有事項とした。

真っ赤な顔に、浅い呼吸。

はふはふ、と必死に呼吸を繰り返すナーサディアを心配そうに見て、ティミスはそっと額に触れる。思っていたより相当熱く、慌てて手を引っ込めた。

「熱、とんでもなく高いな。薬の手配も急ごう」

これほどまでに高熱だとは、と呟いて、ティミスは手配するものリストを、胸元からメモ帳を取り出してまとめていく。

ベッドに寝かせたナーサディアと、彼女を心配するティミスを交互に見て、バートランドは遠慮がちに問うた。

「恐れながら。……ティミス殿下がベッドへ運ばれても良かったのでは？」

「まだ駄目だよ。婚約者でもないのに触れたりしたら、彼女に対して失礼だ」

「……承知致しました。そして、無礼極まりない発言、お許しくださいませ」

「無礼とか思ってないよ。君たちは本当にナーサディアをよく守ってくれた。カレアムに行ってからもよろしく頼むよ。もうすぐ僕の護衛騎士もやってくる。君たちも休んでおいてくれ。やることは山積みだから」

「……はい、かしこまりました」

ひとまず用意できたタオルの入った水桶《みずおけ》を受け取り、ベッドの脇に椅子を持ってきて、ティミス自らナーサディアの額に濡れタオルをのせ、ぬるくなったらまた、取り替えるを繰り返す。

メイド二人は慌てていたが、ナーサディアに対するティミスの様子や、目に見える以上に感じ取れた愛情の深さを見ていただけに止めることもできず、何かあった時のために傍に控えた。

一時間も経過しないうちに室内に魔法陣が展開され、カレアムからティミスの護衛騎士が五人ほど到着するのだが、第三皇子であるティミス自ら病人の世話をしている様子に全員が硬直したことは言うまでもない。

確かにナーサディアにはベアトリーチェが王太子妃となったあともハミル侯爵家の屋敷内で生活させるようにと命じてはいたが、まさかその屋敷内でこのような虐待に近いような扱いをし続けていたなんて。しかもそれを『ナーサディアはあまり社交界に出たがらないため、ナーサディアの希望に沿う形で屋敷の敷地内から出さず大切に育てている』などという嘘《うそ》で隠していたなんて。しかも王妃を騙《だま》し続けてきた相手は、王太子妃の母親本人。

「……どのように責任を取ってくれるのかしら」

ぎくりと体を強張《こわば》らせるエディルを見ても何も思わない。

ベアトリーチェの道具としてナーサディアを推薦してきた時は『そこまで権力を求めているのか』と、ある意味での貴族らしさに感心したものだが、あの時とは状況が一変している。そのナーサディアが塔の中で幽閉されて虐待に近い扱いを受けていたということが露見したが、まさかハミル侯爵家がそんな鬼畜なことをやっていたなどと王国側は思ってもいなかった。ナーサディアが社交界に顔を出さないのはナーサディアの意思であると王妃は考えていたし、それにより王国内の貴族たちの間でナーサディアの存在が徐々に忘れ去られていることも認識はしていたが、それも含めてナーサディアが望んでいることなのだと考えて特に口出しはしなかった。

確かに、万が一ベアトリーチェに何かしらの危害が及びそうになってしまった時には、ナーサディアというもう一人の娘を代替品として差し出すことができるという夫人の提案は聞いていたし、王妃としてはその提案そのものというよりもその『そうしてでもハミル侯爵家から王太子妃を出したい』という熱量を評価したつもりだった。だからこそ実際にはナーサディアに対してしばらくは侯爵家の敷地内で自由に暮らしていてよいという提案をしたつもりだったし、まさか侯爵家も本気でベアトリーチェに命の危険が迫った時にはナーサディアを身代わりに使うなどとは考えていないと思っていたが、このエディルという夫人が行ってきたことを聞くと本気でそのつもりだったのではないかと勘ぐってしまう。

「……『ハミル侯爵家の化け物姫』」

「それは……」

「貴女《あなた》……まさかとは思うけれど、そういうことなの？」

先ほどの、一番嫌な予想が頭を過《よぎ》っていく。

かつて、社交界で嘲笑されていた幼い令嬢。顔の刻印をからかわれ、蔑まれ、娯楽を探す貴族の槍玉《やりだま》にあがり、泣いて嫌がっても心ない者たちに徹底的に玩具《おもちゃ》にされていた。

王妃として、そして一人の母としても止めるべきだったと、今更後悔しても遅すぎる。ほんの少し後、その幼い令嬢は社交の場から姿を消していた。

まさか、このような形で再会することになろうとは予想もしていなかったが。

「王太子妃の母が、こんなくだらないことをしているだなんて、誰が想像できるというのかしら」

「……っ、王妃様には、分かるはずもございませんわ……。あれが……どれだけベアトリーチェの邪魔をしていたか、なんて」

「……」

ベアトリーチェのことを考えているようで、自身のことしか考えていないのが丸分かりである。ただ顔に刻印があるだけであれば、隠してやれば良い話。それをしなかったのは目の前にいるエディルだ。

「あれがいなければ……ベアトリーチェは妖精姫の呼び名を持った、後世に残る稀代《きたい》の王妃と成り得るではございませんか……！　それを、あんな化け物が隣にいては、邪魔にしかならない！　そうでございましょう⁉」

「それが、本音ね」

「え……」

「彼女は自身の刻印を気にしてるとか、彼女の体が弱いとか、そんなもの建前と虚言でしかなかったと、今、認めたわね。ハミル侯爵夫人。……なら、尚《なお》のこと。貴女も、わたくしも。……もちろん、ベアトリーチェも、……この家、はてはこのウォーレン王国全てに帝国からの報復が及ぶでしょう」

淡々と告げる王妃の顔色は悪く、表情も強ばっている、これまで隠し通してきた本音をあまりに呆気《あっけ》なく、王妃の前で曝《さら》け出《だ》してしまったことにようやく気付いても遅すぎる。何もかもがエディルにとって悪い方へ悪い方へと進んでいき、止まってくれない。ただ、嫌な予感だけがエディルの頭を過っていく。

あまり深く考えていなかった。宝石姫がどうとか、正直自分には関係ないと高を括《くく》っていたかもしれない。次いだ王妃の言葉に顔色をなくすこととなる。

「覚悟していなさいね。かの帝国がどれほど宝石姫を大切にし、尊んでいるのか」

「お、お待ちくださいませ！　私はナーサディアが宝石姫だなんて知らなかったのに、報復を受けねばならないのですか⁉」

悲鳴のように叫んでも、王妃の表情は特に変わらなかった。

それどころか、呆《あき》れの色を濃くしてエディルをじっと見ていたのだ。

「宝石姫たり得る条件を知っている者は少ない、というより条件はあってないようなもの。……彼女が宝石姫でなくとも貴女の行為は母親として、侯爵家夫人として見逃せるものではないということが理解できていないようね。お前がやったことの重さ、軽はずみな行動、そして王家に対する意味での裏切り行為について、王宮へ来るよう命令があるまで謹慎して、少しでも反省しなさい」

「……え……」

咎《とが》められるとは思っていなかったようで、エディルは目を丸くする。社交界の華として、いつも輪の中心にいた彼女からすると思いもよらなかったのだろうが、気にせずに王妃は続けた。

「ティミス皇子殿下より、貴女とベアトリーチェ宛てに、という名目で王妃であるわたくし宛てにも苦情がきているわ。『ナーサディアの実家らしき家や王太子妃から、王宮に来て間もないどころか、一日も経過していないのに何通も手紙が来ている。今ナーサディアは寝込んでいるというのに、かの者たちは何を考えているのか』とね。貴女、何を考えているの？　……寝込んでいるナーサディア嬢に対しての気遣いもできないだなんて……。その苦情がこうして王家宛てに来ることすら、予想できなかったんです、とでも言いたいんじゃないでしょうね？」

「わ、私はあの子の母ですよ⁉　会うことくらいどうしてできないのですか！」

「彼女が宝石姫として覚醒して、カレアムに向かうことが確定している時点で、もう彼女にはおいそれと連絡は取れず、会うこともままならない状況だということが分からないかしら」

そんな、と呆然《ぼうぜん》と呟《つぶや》くエディルの顔色は酷《ひど》く悪い。

現状、エディルとベアトリーチェからナーサディア宛てに手紙が何度か送られている。

ナーサディアが精神的なストレスから解放されたことや、環境の変化による発熱で寝込んでいる、と告げられているにもかかわらず、だ。

『身内なのだから見舞いに行かせてほしい』と願っているそうだが、ティミスや、彼の護衛騎士、塔から連れてきた使用人たち総出で拒否を続けている。それを聞いているから、国王夫妻ですらせめて彼女の体調が少しでも回復してから見舞いに行くべきだ、と思っているのに。

ナーサディアを虐げた貴族たちも必死でどうにかせねば、とようやく行動を始めたようだが、何もかも、全てが遅すぎる。

彼女が特別な存在になったから、謝ってこれまでのことを許してもらおうなど、虫が良すぎる話だろう。謝られても、やられた方の心の傷は消えることはない。過去にタイムスリップして全てがなかったようにすることはできないのだ。

「後悔するくらいなら、最初からきちんとしていれば良かったのよ。王太子妃にも、……ナーサディア嬢にも」

王妃は立ち上がり、従者と護衛騎士を引き連れて帰っていく。

何か言わねば、と手を伸ばそうとするが、エディルが我に返った時にはもう、王妃は馬車に乗り込んで帰路につき、自分以外は応接室にはいなかった。

虚《むな》しさが心を支配して、後悔ばかりに襲われ続けるが、これが『後悔先に立たず』ということなのだろうと。思い知らされる心地だった。

◇◇◇◇◇◇◇◇

酷い高熱のせいか、ナーサディアは嫌な夢を見ていた。

『どうして、……どうしてお前はそんなに醜いの……！』

やめて、おかあさま！

そう叫べば叫ぶほど、母の声は大きく、鋭くなっていく。

『お前が邪魔をするから！』

誰の邪魔もしていない。何も悪いことはしていない。

酷い時には折檻《せっかん》されたこともあった。

頬を打たれ、突き飛ばされ、近くにあるテーブルにぶつかり花瓶が倒れたことで、転んだナーサディアに水がかかりずぶ濡《ぬ》れになろうとも、親は構いすらしてくれなかった。助けてくれたのは、塔で世話になった使用人たちだけ。両親はベアトリーチェに対しては、過剰なまでに世話を焼き大切に慈しみ、優しく振る舞おうとするのに。

部屋で泣いていると、侍女がやってきて頬を打たれた。


『お嬢様、メソメソしないでいただけませんか？』

『そうですよ、ただでさえ気持ち悪い刻印があるのに……せめて雰囲気だけでもお綺麗《きれい》で、華やかにしていてもらわないと』

『ま、辛気臭いお嬢様には無理でしょうけどねぇ』

『あっはははは！！！　言えてるー！！！』


いつも、何をしていたとしても嘲笑《あざわら》い、バカにされる。

時として水を頭からかけられ、『ほぉら、こうしたら泣いているだなんて分かりませんよぉ？』と更に小馬鹿にされ笑われた。

ベアトリーチェと比較され、刻印のせいで気持ち悪いと何度言われ続けただろうか。

やめて、と泣くことで更に彼女たちの嫌がらせは酷くなった。

泣いても綺麗じゃない、化け物が泣いた、と小さな分別のない子のように笑われて更に叩《たた》かれる。蹴られる。


顔に刻印があるから、何を言っても良いのだろうか。

もう、こんなものがあるくらいなら死んでしまった方が良《い》いのかもしれない。

何度、そう思ったことだろう。

首筋にナイフをあて、『さぁ、後は思い切り引けば楽になれる』、そう思ったのに、それすら満足にできない自分の弱さにまた泣いた。実際にやろうと何度も試みたのだが、ナイフを引けないまま時間が過ぎ、へたり込んで終わりになることが多かった。

泣いて、泣き続けて、それでも泣いて。

いつか枯れてくれると思っていた涙は、生憎《あいにく》枯れることはなかった。泣くたびに溢《あふ》れ、瞼《まぶた》はもったりと腫れてしまう。

本当は心の中では、誰かにずっと、助けを求めていた。

声に出すと殴られるから言えなかったけれど、聞こえなくても良い。ずっと、ただひたすら願っていた。助けを求めるくらいならしてもいいだろう、と思ったから。

そうしているうちに、心なんて凍りついてしまったのだとばかり思っていたのに、助けに来てくれたティミスの手はどこまでも温かく、ナーサディアをあまりに呆気なく受け入れてくれて、ひょいと救いあげてくれたのだ。

『大丈夫だよ』

『怖くないよ』

『君は、何も悪くないんだからね』


優しい言葉の数々に、躊躇《ちゅうちょ》なく抱きしめてくれる優しく温かな腕。

塔にいた使用人たちも、皆優しくて、こんな自分に付いてきてくれると言ってくれた。それが夢でないことを確かめるために起きなければいけないのに、目を覚ますことができない。

瞼が、重い。

体が、熱い。

呼吸をする度にぜぇぜぇ、ひゅうひゅうと喉が鳴る。

嫌だ、死にたくない。

この国から出られるのだから、絶対に生き延びてやるんだ、とナーサディアは自分自身に強く言い聞かせる。

熱なんかに負けていられない。

けれど、思っていたより熱は高いらしく、なかなか引いてくれる気配はない。体は重く、ただひたすらに熱い。

どれくらい眠り続けていたのだろう。

ようやく重かった瞼が持ち上がるようになってうっすらと開けば、視界に入ってきたのは豪奢《ごうしゃ》な天井と天蓋。

「…………………?」

ぼやける視界の端にひょこりとこちらを覗《のぞ》き込《こ》んでくる影があった。

「……ナーサディア……?」

「てぃみす、さま」

舌がうまく回らなかったが、それでも名前だけは呼べた。

どうして、彼は泣きそうな顔をしているのだろうと、そう思いナーサディアは力の入らない手をぎこちなく持ち上げた。

慌ててその手を握り返してくれるティミスに、うまくできているかは分からないが微《ほほ》笑《え》みかける。熱で自分の手はすごく熱いはずなのに、彼の手はどこか温かくて、安心できたから。

「ナーサディア!」

「……だい、じょ、ぶ……です、よ……」

「……っ」

「てぃみすさまと……このくにから……でるんです……。ねつになんか……まけて、られ、な……」

最後まで言えずに、ナーサディアの手から力が抜けた。

まだまだ下がらない熱に、ティミスは焦る。

熱冷ましを飲ませても、下がる熱はほんの少し。いっとき下がっても薬の効果が切れたらまた熱は上がっているようで、寒気も感じているのか布団にくるまっているナーサディアの姿もティミスは何度か見ている。

熱が出たあの日から、ナーサディアは今日まで丸々一週間もの間、ずっと寝込んでいた。これまで幽閉同然に閉じ込められていた塔から出られたとはいえ、環境の変化があまりに凄《すさ》まじく、ナーサディアの体と心はあっという間に限界を迎えた。張りつめていた緊張の糸がぷつりと切れ、今まで耐えられていたものが、一気に溢れてしまったようだ。

調べれば調べるほど、ナーサディアに対する鬼畜としか言えない扱いが山ほど出てくる。

ただ、顔に刻印があるだけであそこまでのことができてしまうほど、彼らは自分たちの容姿に自信を持っていたのだろうな、とティミスはため息を吐いた。社交界の妖精姫と呼ばれたほどに神秘的な美しさを持つハミル侯爵夫人と、その娘である第二の社交界の妖精姫ベアトリーチェ。しかし、ティミスからすれば『ただ美しいだけ』でしかない。

さぞかし刻印が醜く見えたのだろう、とは思う。だが、血を分けた己の娘にそこまでできてしまうのは、最早《もはや》、鬼畜としか言えない。

「……奥の手を使うかな……」

懐を漁《あさ》って小瓶に入れた小さな粒状の薬剤に似たものを確認する。使うことはないと信じていたかったけれど、思いつく限りでは恐らくもうこれしかナーサディアの熱を下げるための手段はない。一度、治癒魔法も試してみたけれど思うように熱は下がらなかったのだ。奥の手として、ティミスがこっそりとカレアム帝国から持ち出していたのは、万能薬でもあり、宝石姫が祈りを捧《ささ》げることで稀《まれ》に生み出される、特殊な宝石。錠剤のようにカモフラージュしているが、魔力がしっかりとこめられた宝石。

『精霊姫の雫《しずく》』と呼ばれるそれは、飲めばたちまち何もかもを治す力があると言われ、カレアムでも秘宝に分類されていた。既に死亡している人を蘇《よみがえ》らせたり、進行しすぎた不治の病まではとはできないが、大けがや部位欠損、そして重い病気までも回復させるだけの力がある。本来はカレアム帝国の宝物庫に厳重保管されているはずなのだが……。

「後で怒られるのは百も承知。僕の姫を助けることが第一！」

ぐっ、と拳を握って一粒だけ忍ばせていた『精霊姫の雫』を、冷えた水に溶かしていく。

宝石姫が特殊な祈りを捧げることで生み出される『精霊姫の雫』。既にカレアム帝国には二人の宝石姫が存在し、日々祈りを捧げることで生み出されているものである。また、生み出された後は個数管理をされた上で、皇宮の宝物庫に厳重に保管されていたが、万が一があってはいけないと思って、人畜無害そうな全開の笑顔を使って流れるように嘘をつき、個数確認のためにと保管箱を開けて一粒くすねたのだ。恐らく今頃とんでもない騒ぎになっているだろうが、宝石姫、もとい一人の女の子の命を助ける方が先決だと思った。

人一人救えなくて、何が万能薬か。

雫はあっという間に溶けていき、溶かした水は少しだけ虹色になり、不思議な光を放っていた。

「……飲ませる方法がなぁ……」

確実に飲ませるならば口移し。

だが、意識が朦朧《もうろう》としているナーサディアにそれをしてもいいのか、まして婚約者でもない自分

が、と少しの間葛藤していたが、元気になってもらうことを優先とした。

背後に控えていた護衛騎士の方を振り返って、にっこりと満面の笑みを向けた。

「お前、ちょーっとだけ後ろ向いてて」

「はい？」

「早く、ほら」

しっしっ、と手を振って、渋々ながらも視線を外してくれたのを確認してから、グラスの中の水を口に含んで、ナーサディアの顎を少し持ち上げる。

そして、少しだけ口を開かせて互いの唇を合わせた。

慎重に、少しずつゆっくりと、流し込んでいく。

水分を欲していたらしいナーサディアは、こく、こく、と流し込まれるたびに嚥下《えんか》していった。

それを見て安心したのか、残りの水も同じように飲ませていって、じっと様子を観察する。

白い光がナーサディアをふわりと包みこんでいく。

荒かった呼吸は、少しずつ規則正しい呼吸へと。

熱で赤らんでいた頬も、健康的な赤さになっていく。

「良かった……」

己の大切な存在が回復していく様子を見て、じわりとティミスの目に涙が浮かんだ。

「ナーサディア、後はそのままぐっすりおやすみ。……もう、怖いことなんか何にもないよ。君を虐げた奴《やつ》らは……僕が、……我がカレアム帝国が罰を与えよう」

きっとナーサディアには見せない、歪《ゆが》んだ笑顔でティミスは言葉を続けた。

「侯爵家も……王太子妃も、君を救わなかった侯爵家の他の使用人たちも……馬鹿にした奴らも……誰も彼も、後悔しても……もう、遅い」

何度も手紙を送ったり、今日は大丈夫だろうかとティミスの滞在している貴賓室へと伺いなしでやってくる侯爵夫人と王太子妃を追い返すのにもそろそろうんざりしてきた頃合だ。そろそろ本格的に帝国へ帰る算段をしなくてはいけない。

規則正しくなったナーサディアの寝息に安心し、念のためにと額にタオルを置くと、コンコンと、控えめにノックの音が響く。

今度は誰だろうかと思うが、ティミスは目くばせをして自分の代わりに出るよう、護衛騎士に対応を任せ、自分はナーサディアの看護を続けていた。対応を任された護衛騎士は、はい、とナーサディアを起こさないよう配慮して小声で返事をして扉を開き、訪ねてきた人物を確認した。

扉を開いた先にいた人物を見て、どうしたものか……と、護衛騎士は困り果てた様子でティミスを見つめる。

護衛騎士では対応が難しい相手が来てしまったことを察したティミスは、ナーサディアの寝息と状態を確認してから静かに椅子から立ち上がり、扉の近くへ向かった。

「どうしたの、そんなに困った顔をして……。今日のお客様は一体誰？」

「王太子殿下と、王太子妃殿下です……」

「……これで何度目だろうね……。今日は王太子殿下までご登場、ってわけか……」

どうやら今日は二人揃《そろ》ってやってきたらしい。王太子妃のみだと入れてもらえないと、数度の訪問でようやく分かったらしいが、王太子が来たところで入れるわけはない。

「……いいよ、僕が出よう」

ナーサディアを起こさないように静かに、細く開かれた扉から、体を滑らせるようにして外に出た。

怯《おび》えたようなベアトリーチェと、彼女を守るように立っている王太子がそこにいた。

「ティミス皇子殿下。……そろそろ、ベアトリーチェをナーサディア嬢に会わせてあげてくれないか？　ベアトリーチェが不安を訴えているのは貴方《あなた》の元にも届いていると思うんだが……」

「体調を崩しているので、ご遠慮ください」

反論は許さないと言わんばかりに、ティミスはアルシャークの言葉を一刀両断するが、今日は王太子を連れてきている分強気でいるようで、譲りたくないとばかりにベアトリーチェが食い下がった。

「体調を崩しているからこそ、家族のわたくしがお見舞いしたいと思ったんです！　ナーサディアは、体調を崩したら誰かが傍《そば》にいることを強く望む子なんです！」

「幼い頃の話でしょう？　今もそうかは分からないですよねぇ？」

今も、をしっかり強調し、嫌味たっぷりに問いかけると、ベアトリーチェは顔色を悪くする。どうして口で勝てると思っているのか理解に苦しむ。それに、とティミスは続けた。

「それに貴女は目も開けない相手を見舞うと？」

「そ、それは……」

「彼女はカレアムの至高の宝となる存在だ。そして、彼女が望まない限りは会わせることはできないと、何度も、かみ砕いて説明をしましたよね？」

「……でも……っ！」

「……己の不安を取り除くために、倒れた人に無理をさせるなら……外交問題として取り上げても構いませんが？　さぞかし周辺国は驚くでしょうね……。理由があっての面会謝絶なのに、それを己の立場をフル活用して、無理に会わせろ、と乗り込んでくる、など」

低い声に、さすがの王太子も、王太子妃も、返す言葉を失った。

「ご理解いただけましたかね？　はい、ではお引き取りを。目が覚めたら会いたい人をきちんとナーサディア自身に選んでもらいますから」

冷たい、突き放したような笑み。

限りなく温度の低い声で告げると、ふらつくベアトリーチェをアルシャークが支えながら二人はようやく部屋の前から去ってくれた。

「……急がないと」

ナーサディアが目を覚ましたら聞かなければならない。

何が必要で、何が不要なのかを。

思ったよりもあっさりとあの家から出ることを選んだのだから、きっと彼女が必要とするのは今ここにいる人たちくらいだろうと、予想はできるが。

そして『精霊姫の雫』を飲ませた翌日のこと。

ぱっちりとナーサディアは目を覚ました。数度、瞬きをしながら今の体の感じを確認する。

発熱時特有の体の熱さ、重たさ、耳鳴りがしているような……もわもわとしたあの感じが消えていた。ただ、寝過ぎていたせいか、背中と腰がひたすら痛んでいる。そういう意味では体は大変に重いし、辛《つら》い。

「う……」

肘を突いてのろのろと体を起こす。

ずっと湯浴《ゆあ》みもできていないことや、汗をたっぷりかいていたせいで、髪も体もベタベタしている。

「……けほ、っ、……ぁ……」

うまく喋《しゃべ》れないが、サイドテーブルに置かれていた水差しに手を伸ばしてグラスに注ぎ、冷たく心地よい水をゆっくり飲み干した。

「……あれ……?」

傍にいてくれたはずのティミスがいない。どこに行ったのだろう、とナーサディアはきょろきょろと周囲を見回すが、自分付きのメイド二人もいないことに気付いて、不思議そうに首を傾《かし》げる。

日の高さからすると、恐らく昼過ぎだろうかと予測をしてみる。だが、時計がないので正確な時間は分からない。

「……どう、しよう」

ここは王宮なので、迂闊《うかつ》にちょろちょろと出歩く訳にもいかないのは理解しているが、このままずっとぼんやりしていても何もならない。

魔法を使って周辺の気配を辿《たど》ってみようかと思うが、何となくそれは止めておいた。

熱で意識ははっきりしていなかったが、双子の片割れ……もとい、王太子妃のベアトリーチェの声を聞いたのはうっすら覚えている。もしや、ベアトリーチェが今更家族面をし、『お見舞いに来た』と平然と言っていたのではないだろうか、と思うと、ベアトリーチェのあまりの無神経さや都合の良さに寒気を感じてしまい、恐怖すら覚えて身震いしてしまった。

早く、ティミスに戻ってきてもらいたいと、心から願う。

ナーサディアが固く閉ざした心の扉の、ほんの少しの隙間からするりと滑り込み、熱に浮かされている状態であったとはいえ、ティミスはナーサディアが心から欲していた願望までをも聞き出すことに成功している。

今まで閉ざしていた心の扉をナーサディアがようやく開き、本心を誰かに話せたということ。それを成し遂げたのがティミスであったこと。それらを報告されたナーサディアの側仕《そばづか》えであるバートランドやメイドのチェルシーとカリナ、料理人のドミニクは、皆揃って喜んだ。

ずっと、心を押し隠して生きてきた主《あるじ》が、ようやく笑えそうなまでに状況が好転しているのだ。

現に、熱があった状態でもティミスに対しては微笑みかけようと頑張っている。

彼らはナーサディアが、塔に閉じ込められる前のように、軽やかに楽しく笑って、できることならばもっともっと外の世界を楽しんでもらいたいと、そう思っているのだ。そのためなら、どんな協力も惜しむことはない。

◇◇◇◇◇◇◇◇

「遅くなっちゃったねぇ」

「申し訳ございません、ティミス皇子殿下」

「君たちが謝る必要はないよ。これは僕のワガママだ、ナーサディアに塔で着ていたようなあんな粗末な服を着せたくなかったんだから。きっとナーサディアは何を着ても似合うね！　ふふ、楽しみだなぁ」

　ナーサディアのドレスや夜着、靴のサイズが分からないから、とティミスは彼女付きのメイドであるチェルシーを連れて外出していた。外出を一応王家に報告したら、案の定ベアトリーチェから『ナーサディアと私は、サイズが同じなのだから』とドレスやら何やら貸すと主張されたが、どこからどう見てもナーサディアの方が小柄というか、華奢《きゃしゃ》だった。だから、彼女の体軀《たいく》に合うサイズの服を買う必要があった。

　荷物持ちとしてティミスの護衛騎士一人と、ナーサディア付きの老執事バートランドも同行していた。他のナーサディア付きの世話係は塔の片付けを済ませてくる、と言ってたまたま揃って外出してしまったのだった。そのため、ナーサディアが目を覚ました時には誰もいない状態であった。

　勿論《もちろん》、部屋の入口にはカレアム帝国の騎士を常駐させているので、妙な輩《やから》は入れないようにはしている。

彼らはナーサディアに必要だと思われる洋服や靴を購入するため、ウォーレン王国の市場へと繰り出していた。ティミスとしては全てオーダーメイドで揃えたかったが、まずは必要最低限を準備するための買い物であった。どんな服が似合うだろう、とティミスは考えながら女性ものの洋品店が並ぶ道を歩く。

「多分、ナーサディアはそろそろ起きると思うから……戻ったら着替えとか湯浴みをさせてあげてくれるかい？」

「かしこまりました」

「それと、胃に優しいものの用意もしないと…………おっ」

「ティミス殿下？」

「僕、先に王宮に帰るね！　ナーサディアが起きた！」

これまでのイケメンはどこへやら。ぱっと顔を輝かせると同行していた三人を振り返って声高らかに宣言する。

「殿下、お待ちください‼　あ、ちょっと殿下‼　そうやって人の話を聞かないのは良くないってご両親にも常々お叱りを受けていたでは、って、あー！！！」

何やら察知したらしいティミスは、そこにいる三人を置いて、一人あっという間に転移魔法で王宮へと戻っていった。

護衛騎士が止めたものの、基本的に今の彼はナーサディア第一主義なので、まさに暴走機関車状態。がっくりと項垂《うなだ》れた騎士は、執事とメイドに深々と頭を下げたが、逆に二人からも頭を下げられて慌ててしまった。

「も、申し訳ございません……」

「すみません、私どもがこんなにも時間をかけなければ、今頃既に王宮に戻れていたのに……」

「お二人は謝る必要はないですからね⁉　今のは殿下の暴走のせいですから‼　……全くもう……」

ナーサディアが寝込んでいる間、カレアムからやってきた騎士たちと、塔から連れてきていた使用人たちはすっかり打ち解けていた。色々な話もしていたし、ナーサディアがどのような少女なのかも騎士たちは割と細かく聞いていた。

「ティミス皇子殿下は、ナーサディア様のことを本当に慈しんでおられますね……」

「本当に……。ナーサディア様があんなに打ち解けているだなんて……」

「え、宝石姫様、あれで打ち解けてる方なんですか⁉」

「……えぇ」

老執事とメイドは、揃って眉根を寄せる。

騎士たちもナーサディアの過去はある程度把握してはいたが、あくまでそれは書類上で分かることで、詳しい状況がどうなのかまでは分からなかった。

二人の顔を見れば、いかにナーサディアが今まで心を閉ざしてきていたのかは分かるし、話も聞いていたのである程度は理解もできていたつもりだったが、一体どれほどなのかと息を呑《の》んだ。

「……見た感じ、ですが……。皇子殿下に対しても少し……うーん、遠慮している、というか……」

「遠慮はしていらっしゃいますが、それでもご自身のしたいことは仰《おっしゃ》っていらっしゃるでしょう?」

「あぁ、確かに。……ん?」

「ナーサディア様は、幼い頃、顔の刻印が原因であの塔へと追いやられました。ベアトリーチェ様はその真の理由はご存知なく、奥様の『ナーサディアは顔の刻印を気にして、自ら望んで塔で暮らしている』という言葉を信じているのです」

つまり、それは。

え、と素っ頓狂な声が出てしまい、騎士は慌てて咳払《せきばら》いをした。

「まさか……ベアトリーチェ妃は、親の言うことをそのまま信じて、今に至っている、と……?」

「はい。あのご夫妻は、ベアトリーチェ様をそれはそれは可愛《かわい》がっておいででしたから。親の言うことに間違いはないと、……恐らく、今でも思っていらっしゃいます」

「ある意味、王太子妃も被害者ではある、のか……」

ナーサディアと同じ顔、同じような体格、同じ声。

違うのは顔を覆っていたという刻印のみ。

その有無だけでそこまで態度に差が出るものなのかと思っていたが、『妖精姫』という名を冠したほどの美姫《びき》である侯爵夫人と、彼女を当時射止めた端整な顔立ちの侯爵を思い出すと何故《なぜ》だが納得してしまった。

幼いナーサディアがパーティーでバカにされても、罵られても、怪我《けが》を負わされても彼らは助けなかった。美しいベアトリーチェがいれば、それで良かったのだから。

だが、宝石姫として覚醒したことで顔の刻印はすっかりなくなり、髪も目の色も変化したナーサディアはベアトリーチェが霞《かす》むほどの神秘性と美しさを兼ね備えた美姫へと変貌していた。

ただ少し見た目が変わるだけで、あれほどまでに変化するのかとバートランドも驚いていたほどなのだ。

「ある日、ナーサディア様は侯爵夫人にひどく頰を打たれました。……大人の力で容赦なく、です。結果、ナーサディア様のお体は打たれた勢いで近くにあったテーブルに打ち付けられました。……その後からでしょうか。ナーサディア様が、夫人やベアトリーチェ様、旦那様に極端に冷めた目を向けられるようになったのは」

老執事であるバートランドは当時の状況をよく覚えている。ナーサディアの味方だからではなく、第三者としてあの現場を見ていたら誰しもが目を覆いたくなってしまう光景と、酷い癇癪《かんしゃく》を起こしているだけのように見える侯爵夫人。それ以降、ナーサディアは何もかもを諦めた、ように見えていた。

「あぁ……。では、恐らくその頃にナーサディア様は宝石姫として覚醒されたんですね。そして、己の主であるナーサディア様を守るために、体に宿された宝石が嫌なもの……この場合だと『お母上である侯爵夫人のことを考える』という行動そのものを阻害でもしたような……そんな感じ、ですね……」

「そうすると、夫人はまた大層お怒りになられました。……おもしろいものです、己が先にナーサディア様を突き放したというのに」

「奥様のあの態度は、あんまりです……！」

当時を思い出したのだろう。

チェルシーの目にはじわりと涙が浮かび、バートランドも苦々しい表情になっている。

ティミスやカレアム帝国所属の護衛騎士たちは、ナーサディアのこれまでの状況について報告書でしか見ていないが、実際の現場をこの二人はずっと見てきた。だからこそ、夫人たちの言動に対しては怒りを覚えているのだ。

「大丈夫ですよ、もうすぐカレアムから正式な迎えがやってきます。そうしたら、皆揃ってハミル侯爵家を含む、このウォーレン王国から去りましょう」

「えぇ……そうですね」

うんうん、と頷《うなず》くチェルシーと、ようやく柔らかな雰囲気を取り戻したバートランドは微笑む。つられるようにして、騎士も笑った。彼らはとても和やかな雰囲気のまま王宮へと戻っていった、のだが。

「ナーサディアおはよう！　目が覚めた⁉　体はどう⁉　もう元気⁉」

王宮のナーサディアの部屋へと転移したティミスが開口一番、大変元気よく挨拶をした結果、いきなり人が現れて驚いたナーサディアは手にしていた水の入ったグラスをぽとりと落とし、驚きのあまりに飲んでいた水が妙なところに入って噎《む》せ込《こ》んでしまい、軽い騒ぎになってしまった。

また、執事たちとは別行動で塔に行っていた使用人たちがちょうどのタイミングで戻り、げほごほと咳《せ》き込《こ》むナーサディアを必死に介抱しているティミス、という何とも不思議な光景を見てしまい、全員が硬直したのは言うまでもない。

「ティミス殿下！　何してるんですか‼」

そして、ナーサディアが二人のメイドに背中をさすられたりしている間、大量の荷物を抱えて戻った護衛騎士にこっぴどく叱られたのも、言うに及ばず。

腰を九十度近い角度で折り曲げ、ティミスの護衛騎士は一言ずつ、強調するように区切りながらナーサディアに謝罪をした。

「誠に、うちの殿下が、本当に、重ね重ね！　すみませんでした！」

「嬉《うれ》しくてつい……ごめんね、ナーサディア」

「だ、大丈夫、です……！」

正座をし、護衛騎士にゲンコツを食らって痛みで涙目になりつつ、しょんぼりと項垂れるティミス。

大丈夫、とは言ったものの、どうして良いか分からずにおろおろしながら執事と彼を交互に見て『たすけて』と言外に告げるナーサディア。使用人全員ともう一人の護衛騎士も、助けたいのだが何をどうしていいか分からず、全員困惑していた。

「本当にごめんね……君が目を覚ましたと思ったら、いてもたってもいられなくて」

「……？」

だが、目を覚ましたことが、どうして分かったのだろうかとナーサディアは首を傾げる。それを勿論ながら察したティミスは優しく問うた。

「ナーサディア、どうしたの?」

「何で、分かったんですか?」

「えーっとね、自然と『分かる』んだよ。僕は」

盛大に頭の上にクエスチョンマークが出ているナーサディアを可愛いなぁと思いながらも、ティミスは説明をするために立ち上がった。

そして、ナーサディアの正面に行き、ソファーに腰掛ける彼女と視線を合わせるように膝立ちになって微笑んでみせた。

「ナーサディア、手を出して?」

「……こう、ですか?」

素直に言われるまま、両の手のひらを上に向けて差し出した。

「そのまま、少し力を込めて光の玉を出してみて」

「……?」

首を傾げながらも言われた通りに小さな光の玉を出現させる。

ふわりと浮いている光の玉を、メイドたちは小さく歓声を上げて嬉しそうに見ている。こんな風に魔法を使うんですね! とはしゃいでいる二人をバートランドが軽く窘《たしな》めた。

満足気に笑うティミスは、自身の服の袖をまくり手首を露《あらわ》にする。そこにあったのは、うっすらと光る不思議な形の刻印。

「それ……は」

「魔法を解除してみて」

言われた通りに消すと、その刻印も消えた。

「え……？」

わっ、と更に周りの使用人たちから声が上がる。

ナーサディアが魔法を使えばそれに反応して光った刻印。何もしていない時には光りもせず、そこには何も存在しないようだ。

「君が魔法を使えば、僕の手首に刻印が浮かび上がって、こんな風に光るんだ。ある種の共鳴反応、というところかな」

ふふ、と笑って、ティミスは相も変わらず優しい眼差《まなざ》しをナーサディアへと向けている。

「それとね、君の反応……えーっと、生命活動、的な？　うまく言葉では言い表せないんだけど、そういうのも何となく分かる」

「だから……ですか……？」

「そう。些細《ささい》な魔力の反応も拾っちゃうから……目が覚めたって分かったのが、嬉しくて」

ふにゃりと笑うティミスは、そのまま見れば年相応の青年にしか見えない。だが、彼は強大なカレアム帝国の皇子であり、宝石姫の番《つがい》となる血を引く者なのである。カレアム帝国の皇族は、同性でない限り、己の宝石姫が現れれば基本的には妻として迎え入れるという習慣がある。ティミスにとって唯一の存在がナーサディアであり、勿論、ティミスは妻として迎え入れたいと考えている。それだけナーサディアは大切な存在であるため、それを害する、もしくは害する意思のある者に対しては容赦ない。

彼の穏やかな見た目だけに騙され、『わたしの娘を婚約者に！』と鼻息荒く迫ってしまった貴族たちは、尽《ことごと》く返り討ちにされた。

宝石姫など、そんなものは存在しない、と馬鹿にしてしまった者たちは、許されるわけもなくそれ相応の『罰』を与えられた。

彼らが馬鹿にしたのは帝国が何よりも尊び、大切にしている存在。余程のことがない限り、皇族とは切っても切れない関係にある、魂で結ばれた存在。

そんなティミスが、ナーサディアが目を覚ましたことが嬉しい、と。今こうして全身を使って言ってくれている。

ほわり、と胸が温かくなるような感じがした。

「うれ、しい？」

「うん、嬉しいよ」

「どうして……？」

「僕の大切な人だから」

躊躇なく言って、ナーサディアに手を差し出す。

ティミスの顔と手を交互に見て、おずおずと手を乗せれば優しく握られた。

「……！」

「何回でも、君が安心できるまで言う。怖がらないで？　大丈夫だからね。それよりもナーサディア、汗でべたべたしてるだろう。お風呂、入っておいで」
「……ぁ、えと」

「ナーサディア様、お手伝いしますよ！」

にこにこと笑うチェルシーに促され、こく、と頷いてから繋《つな》がれたままのティミスの手をじっと眺める。温かくて、当たり前だが自分の手より大きい。

「ナーサディア、どうしたの？」

「……ごめん、なさい」

「ん……？」

突然謝った彼女に、その場にいた全員が不思議そうな表情を浮かべた。何も悪いことはしていないし、妙なことも言っていない。

「……皆が、大切にしてくれてるの、分かるの。……でも、……あ、の……」

「うん」

「う、うまく……言葉に、できなく、て。ごめ、なさ……」

「……ナーサディア……」

どうしても言葉がつっかえがちになり、人によっては嫌がる者もいるだろう。けれど、こうやって話してくれるようになったのも大きな一歩だ。遠慮して言葉を飲み込んで、自分の言いたいこと全てを我慢していた塔の日々を思えば、喜ばずにはいられないのだが、ナーサディアはそう思えていなかった。

「お嬢様、お気になさらず……と言っても、なかなかそうはいかないとは思います。ですが」

「……？」

「先程殿下が仰られておりましたが、もう怖がる必要はありません。それは、揺るがぬただ一つの真実でございます」

バートランドの言葉にナーサディアははっとする。これまで、口を開けば罵倒され続けた恐怖から、ナーサディアは会話が非常に苦手になってしまっていた。

塔にいる使用人たちに対してはつっかえながらも話せていたが、そこに侯爵夫妻が現れると途端に無口になっていたのがこれまで。

何か言おうものなら二人に烈火のごとく怒り狂い罵倒された。ベアトリーチェを心配して状況伺いをしただけで『そんなにあの子が妬ましいのか！』と斜め上の怒りをぶつけられた。そんなこと思いもしていないのに、彼らは『ナーサディアはベアトリーチェを羨んでいる』という思いでいっぱいだったらしい。

だから、彼らとまともな会話ができるのではないかという希望を手放し、諦めた。頑張れば迎えに来てもらえるかもしれない、という希望はもっと早くに手放した。手放したものが多すぎて、ナーサディアは今、どうしていいのか分からなくなっている状態だ。

ティミスや彼の護衛騎士、そして塔の使用人たち。

皆ともっと話したいし、ティミスからはカレアム帝国の話を色々と聞きたいのに、うまく言葉を紡いで会話にすることができず、つっかえてしまう。

でも、執事の言葉を聞いて、ようやくナーサディアはほっとひと息つけたような気持ちになれた。

怖がらなくていい。

怯えなくていい。

安心して、つっかえてしまうかもしれないけれど自分の思いを口にして、皆と会話をして、自分をちゃんと知ってもらいたい。

皆の雰囲気や気持ち、自分に向けてくれる愛情が、想《おも》いが、ただ嬉しくて、バートランドの言葉に、しっかりと大きく頷いた。

「ありがとう……」

ティミスと繋がれた手に一度だけ力が込められ、ぎこちなく微笑んでから手を離す。湯浴みをするためにソファーから降りてチェルシーのところに歩いていき、二人並んで浴室へと向かっていった。

一週間も寝込んでいたせいか、よろよろとしている彼女をチェルシーは時折支えながら歩いていく。二人揃って浴室に続くドアを開け、それが閉じられたのを確認してからバートランドとティミス、カリナ、そして料理人であるドミニク、ティミスの護衛騎士は揃って部屋の中央に置かれていたテーブルに着席した。

王宮内の貴賓室の広さや設備の充実っぷりに使用人たちが驚く一方で、彼女が寝込んでいる間、この部屋を訪れる人間は少なくなかった。自分の都合で許してほしいと願う者たちだ。

ほとんど部屋の入口で騎士にたたき返されたり、もしくはティミスに追い返されているので、ナーサディアは高熱を出している間、静かに眠れたわけだが。

「さて、と」

微笑むティミスは、ナーサディア付きの使用人たちを改めてぐるりと見渡した。

「君たちの目から見たありのままを教えてほしい。ナーサディアにとって、あの家の者たちは、必要か、不必要か。その上で後で彼女にも問おう」

こく、と誰かが息を呑んだが、ドミニクがおずおずと手を挙げた。

「いらないと、思います。顔に刻印があるというだけで、実の娘をあれほど疎んでいたのに……こうして立場が変われば、手のひらを返すとか、あ、ありえません」

問われたとはいえ、立場が違いすぎる相手に対して口を開いたことはそうそうない。だが、彼は勇気を出したのだ。自分の作った料理を、いつも『美味《おい》しい！』と目を輝かせて食べてくれた、主のために。

身勝手だ、と思われたとしても、今のように会話に怯えてほしくない。素直な気持ちを吐露できるようになってほしい。そのためには、あの家族は、間違いなく不要だ。

カレアム帝国に向かうのだから、尚のこと不要になるだろう。ここまで蔑んだ娘をこれから大切にするとも思えない。ティミスがぐるりと全員を見渡すと、皆揃ってドミニクと同じ目をしていた。

「そっかぁ。皆も……うんうん、同じ意見だね。分かった。ナーサディアが湯浴みを済ませて、ご飯を少し食べたら聞いてみよう。……侯爵夫人に対する態度を見ていたら、まぁ……何となく想像はできるけど」

にこにこと機嫌の良いティミスを見て、護衛騎士は背筋を嫌な汗が伝うのを感じていた。

こんなに機嫌の良い主は、ろくなことを考えていない。

『ご愁傷さまです』と、うろ覚えの侯爵夫妻や、会ったことのない侯爵家本邸の使用人たちへ、憐《あわ》れみの念を少しだけ送った。

話し合いの後、ティミスは通信具を使って帝国にいる父母に連絡を取っていた。

カレアム帝国皇帝、イシュグリア。そして正妃ファルルス。

この帝国は、ほかの国々からは少し特殊に見えていた。というのも、正妃と側妃《そくひ》の間では、互いの立場を理解した上で輿入《こしい》れが行われているため、諍《いさか》いが起こることが限りなく少ない、理想的な関係性を保てていたからだ。

側妃はどうして己が正妃となり得なかったのか、理由をきちんと聞いた上で納得し、側妃として皇帝に嫁ぎ、仕え、そして皇女や皇子を出産した。納得できなかった者は側妃を辞退している。

また、カレアムの皇位継承権は、生まれた順であるとは限らない。優秀であれば、側妃の子であろうが皇太子となり得る。勿論、己の子に継承権を、と望む母もいるのだろうが、全ての子を同じように扱う皇帝のおかげか、争いらしい争いが生まれていない。

実際、現皇太子が『そう』なのだ。

第一皇子であり、現皇太子であるウィリアムは、第一側妃から生まれた第一子。第二皇子アトルシャンはひとつ下の正妃の子。

差別も区別もすることなく、生まれた子には皆平等に、同じ教育を施した。帝王学、剣術、乗馬、政治学、魔法学……そして、本人がやりたいと言った学問や武芸全て。

ウィリアムは側妃の子であることを気にせず、思う存分に勉学や武芸、そして政治学を教師から学び、周りが思っていた以上の成果を挙げた。それ故に、彼は成人の儀を迎えると同時に皇太子となったのだ。

第三皇子であるティミスも無論優秀ではあったが、自分を可愛がってくれている長兄が皇太子となってくれたおかげで、今こうしてある程度自由にできている部分が大きいので不満は一切抱いていない。

第二皇子は学者を目指し、高等学院を飛び級で卒業して、現在国の研究機関に勤めている。

更に今代は皇太子ウィリアムと第二皇子アトルシャン、そして第三皇子であるティミスにも、唯一の存在である宝石姫が現れた。

皇太子には妃がいるにもかかわらず、宝石姫が現れたのだ。

皇太子の妃であるカレアム帝国のカストリーズ公爵家令嬢・ディアーナは少しだけ恐ろしかった、と後に話していたが、その恐ろしいという気持ちはすぐに薄れたという。何せ皇太子が連れてきた彼の宝石姫は、当時三歳の幼く愛らしい姫であったのだ。

ディアーナは、まさかこの幼い子供を側妃に迎え入れるためにカレアム帝国に連れてきたのかと思ったが、そうではなかった。

魂同士惹《ひ》かれあう、とはいえ、皇太子が己の宝石姫に抱いた感情は、「愛する者」というよりも「愛《いと》しい我が子」であったという。

なお、ディアーナも同じような温かな気持ちを抱いたそうだ。

ウィリアムの宝石姫であるティティールは、出身はカレアム帝国ではない。隣国のごく一般的な平民夫妻の間に生まれた。今は左目の下に宝石姫の証《あかし》である宝石があるが、覚醒前はぽっこりと出来物のように膨れていた。両親が亡くなった直後に覚醒し、それに気付いたウィリアムが迎えにやってきたため、孤児院に預けられることはなかった。ウィリアムが抱いた感情とディアーナが感じたこと、双方話し合った結果、養子として引き取ることとなった。

ならば安心だと、国の重鎮も皇帝夫妻も安堵《あんど》したと、帝国の記録にはそう記されている。

また、第二皇子の宝石姫は、彼と同い年の侯爵家令嬢であった。

これ幸いと国をあげて盛大に祝い、婚約の儀を執り行ったという。

なお、本人同士が出会ったのは研究機関に配属されてから。

第二皇子の宝石姫は、宝石が服を着れば見えない位置にあったこともあり、そうであることが知られずそれまで過ごしてきたという。

何故分かったのかと言うと、出会った瞬間に第二皇子が号泣したから。

ためらうことなく涙を流す彼を宥《なだ》めようと近付き、ハンカチを渡したその瞬間、令嬢の宝石が眩《まばゆ》く光り輝いたのだ。

鎖骨あたりにある宝石が、もしや、と思っていたそうだが、惹かれ合うということがそれまで理解できなかった令嬢も第二皇子も、これを以《もっ》て双方自覚した。

そして、第三皇子であるティミスにとっての宝石姫の出現。

帝国全体が歓喜に沸いたのは言うまでもないのだが、更に喜んだのは既に宝石姫として覚醒している二人の姫たちだった。一人は皇太子の養子であるティティール、もう一人は第二皇子の婚約者であるファリミエである。二人は「姉妹姫ができる！」と互いに笑いあい、ティミスに連絡を貰《もら》ってから、彼女がやってきた時のために、ナーサディアのためだけの客間を急いで用意させた。それと同時に、彼女が暮らすための宮の建設をも、二人の宝石姫は始めさせたのだ。

それ程までに大切に慈しまれるとは想像もしていないナーサディアは、湯浴みを終え、チェルシーに温風で髪を乾かしてもらい、ゆるい三つ編みで纏《まと》め、購入されたばかりのシンプルなクリーム色の長袖のワンピースを着用し、冷えないようにとチェック柄のストールを羽織って、すっきりとした顔立ちで戻ってきた。

「ナーサディア、気持ち良かった？」

「う…………っ、あ、はい」

思わず『うん』と返事をしそうになって、慌てて言い直すが、ティミスにはやはりというかバレていたようで、微笑まれてしまう。

「……うん」

この人たちの前では取り繕わなくて良い、大丈夫なんだと自分に言い聞かせてから、恥ずかしそうに言い直す。

少しずつナーサディアの心が解《ほぐ》れていく様子が目に見えることが嬉しく、バートランドはこっそりと陰で涙を拭った。

「とりあえず、胃に優しいものを用意させたから、少し食べるといい。……で、食べながら聞かせてほしいことがあるんだ」

「……私で、良ければ」

「ありがとう。あ、それから……今日の食事はいつもの料理人の彼作じゃないんだけど……少しだけ我慢してね。明後日《あさって》くらいにはカレアムに移動するから、思う存分彼のご飯が食べられるように手配してるよ」

「……！」

嬉しそうに何度も頷くナーサディアの様子に、使用人たちもつられて揃って嬉しそうに微笑んだ。

愛される、ということを諦めきっていた主に対して、それ以上の愛を以てして尽くす。

そうすることで、少しでも慣れてくれれば。ティミスを始めとした、周囲の温かな人たちの愛情に包まれて、あの塔で起こったことがまるで眠っている間の悪夢であったのだと思えるくらい、これからたっぷりと幸せに包まれてほしい。

そのためには、何よりもまず、この国を出ること。

普通に過ごしてきた人ならば、家族と離れることを何よりも嫌がるだろうが、ナーサディアは家族や祖国と離れることを何とも思っていなかった。

むしろ、離れられるのであれば幸いだった。だって、最初にナーサディアを疎んで忌み嫌ったのはハミル侯爵家であり、その侯爵家を治めるウォーレン王国なのだから。

何も、守ってくれなかった。

誰も、助けてくれなかった。

使用人たちが手を差し伸べるにはあまりに大きな壁である、『身分』。けれど、それをいとも簡単に飛び越えてくれる人が現れた。

「ナーサディアは、ドミニクの作ってくれる料理が好き？」

「はい……！　あったかい、味が、するから……！」

「そっかそっか。なら、ナーサディアの食事担当は彼のままにしようね。他に希望はある？」

「……えと」

「うん」

「お世話、してくれるひと、……彼女たちが、いい」

ナーサディアの視線の先にいるのは、チェルシーにカリナ。

「うん、そうしよう。ナーサディアが大切に思っている人たちだもんね」

うんうん、と何度も頷いて微笑むティミスに安心して、ほ、と息を吐く。

そして。

「あ……」

ゆっくりと背後にいるバートランドへと視線をやった。

「彼も、一緒が、いい」

「当たり前だ。皆、一緒に行くよ」

「良かった……」

「他の人は？　いいの？」

「他……？」

「そう」

ナーサディアには分からないように、瞳の遥《はる》か奥深くに剣呑《けんのん》な光を宿して、ティミスは問いかけた。

「屋敷《やしき》にもいたでしょう？　正確に言うと本邸にいる使用人たち、なんだけど……」

「えーと……」

問われた内容に、途端にナーサディアの表情が消え去った。

「そんな人たち、いた？」

ナーサディアは執事の方を振り返る。真顔で問いかけてくるナーサディアの瞳の、あまりの冷たさにゾッとしながらも、バートランドはそうか、と納得した。

彼女を大切にして、慈しんで、寄り添いながら来た彼らは、ナーサディアにとって『心の内側』とも言えるべき存在の、本当に大切な人なんだと。

そうしなかった『他』は、ナーサディアを大切にしてくれなかった人たち。

ナーサディアにとってはもう、心の底からどうでもよく、生きていようが死んでいようが、関係のない存在。つまり、『心の外側』にいる存在。内側と外側、きっぱりと区別をしている状態なのだ。

心底不思議そうに、ナーサディアは続けてバートランドへと問いかけた。

「私のことを、ずっと見守ってくれていたのは、ここにいる人たちだけですよ？　塔にいた、人たちだけ」

普段ならばつっかえつっかえになってしまう言葉が、この時ばかりはするりと零れた。

『ここにいる人たち』の中に、家族が含まれていないことを察知していたのは、今はティミスと、言葉を発したナーサディアのみだった。言われて、改めて他の使用人たちや護衛騎士も気付く。それほどまでに、彼女が負ってしまった心の傷は深いものであったのだ、と。

その一方で、王宮内の王太子妃の私室で、どうして、とひたすらにベアトリーチェは泣いていた。

愛されるべき存在、奇跡の存在、色々な呼び方で彼女は呼ばれていた。そんな彼女は、ただ一人の存在を想い、泣く。

己の双子の片割れ、ナーサディア。

幼い頃はあれだけ一緒に遊んで、共に笑い、共に泣いて。何をするのにも一緒で、離れることが嫌だったのに。

「ねぇ……どうして……？」

ベアトリーチェは気付こうともしない。

己がいかに温かく幸せで、平穏な楽園にいたのか。反対に、ナーサディアがどれほどの地獄にいて、ずっと耐えてきたのか。

ベアトリーチェにすれば愛されることは当たり前だった。いつも、周りにいる人から大切にされてきた。

王太子妃教育を受けている間は、厳しく指導されることもあったため、平穏でなかったこともある。でも、頑張っている彼女を皆が常に愛してくれた。愛し、褒め、慈しんでくれた。

父も、母も、使用人たちも。そして、己の婚約者になった将来のウォーレン国王たる王太子も、揃って愛してくれた。

幸せだったから、知ろうともしなかった。ナーサディアがどれだけ孤独を味わい続けてきたのか、など。

「ナーサディア……！」

彼女も無責任に、ただ、泣く。泣いているだけで彼女は良い。

『許してほしい』と願いながら、しくしくと泣いていれば周りが手を差し伸べてくれるから。

その『周り』から、片割れがいなくなったのはいつだったのか、思い返しもしない。

一方その頃、貴賓室で最新の報告書を読んでいるティミスは、忌々しげに顔を歪めた。それは決して、ナーサディアの前では見せない表情。

ティミスにとって大切な宝物であるナーサディアの双子の片割れであるベアトリーチェが、まさかこれほどまでにどうしようもない思考回路を持っていただなんて。だから、護衛騎士が呟いた『ある意味王太子妃も被害者』という言葉を聞いたティミスは激怒した。

「……本気で言っているならば、今ここで、すぐにでも僕の護衛騎士を辞めてくれないか」

淡々と、怒りを込めた口調で吐き捨てれば、若い護衛騎士は慌てたように姿勢を正す。

「で、ですが！　王太子妃は宝石姫様の置かれた環境について真実を知らされることなく隠し続けられていたのですよ⁉」

「知ろうともしなかったんだよ。……愛されることが当たり前の、顔だけはナーサディアと瓜二つ《うりふた》のあの娘は……父母を問い詰めすらしなかったのに？」

「それ、は」

「物心ついたばかりの幼子ならともかく、自分で考えることのできる歳《とし》の令嬢が！　いくら王太子妃教育が忙しくなろうとも、ただ一人の姉妹が本邸から隔離されて、仮にそれが本人の望んだことだと親から聞かされていたとしても、それが真実なのか塔に自ら行って確認しようとすらせず、あの娘が毎日王宮でどのような生活を送っていたか、お前は知らないわけではないな⁉」

「………っ」

その間、ベアトリーチェは父母や周りの大人と楽しく談笑し、美味しいものを食べ、ダンスを楽しみ、令嬢たちと笑いあっていた。

ナーサディアが泣き叫んでも、助けてと手を伸ばしても、見ようとすらしなかった。

結果として、ナーサディアは色々なものを次々に捨て去った。そうしなければ己の精神を守りきれなかったから。

幼い令嬢が必死に考え、自身の身を守る方法が、それだったのだ。

「だから、ナーサディアは諦めたんだよ。家族を。たった一人の大切な、自分の姉妹を。……この国をも」

「そ……っ……」

「あれのどこが『妖精姫』だ。……反吐《へど》が出る」

報告書を封筒に入れ、自国に持ち帰るための荷物の中へと入れる。

上辺だけ聞けば、ベアトリーチェは両親からひねくれ曲がった教育を施されてしまった可哀想《かわいそう》なご令嬢に見えるだろう。

成長しても環境があまりに変わらなければ、少しはおかしいと考えなかったのだろうか、と思う。

どうして、何故、と両親に問い、間違っているならばそれを正そうともしないまま、自分は愛されているから、陽だまりの中で笑っていられるから、それが当たり前だから、『何もしなかった』。

この国もおかしい。

侯爵家令嬢が貴族名鑑に記されていないなど、国の恥とも言える汚点であるはずなのに、誰も指摘しなかった。国王は事情を知っている王妃から『何もしないで』と言われるがまま、何もしなかった。また、ナーサディアの父親であるランスターも、王宮勤めの文官トップという立ち位置にいながら、妻であるエディルに言われるまま、何もしなかった。それどころかランスターはエディルに言われずとも、ナーサディアのことを家の恥と呼べる存在だと認識しているために、隠蔽し続けたのだ。

ナーサディアがどれだけ悪いことをしたのであろうか？　何もしていない。

ただ、顔を覆う刻印のせいで、それを化粧なり何なりで隠してすらくれなかった、父母の馬鹿みたいにちっぽけな見栄《みえ》のせいで、あそこまで爪弾《つまはじ》きにされ続けた。

唯一の救いは、塔にいた老執事のバートランド、メイドのカリナとチェルシー、料理人のドミニク、この四人が、『ナーサディア』という一人の少女の心が壊れないよう、尽くしながら共にいてくれた、ということ。

そのおかげで、ナーサディアは自死を選びかけることもあったが、何とか耐えて生き延びてこられたのだ。いつか、あの塔から逃げ出すために。

そして、今はこうしてティミスという存在に庇護《ひご》され、慣れない愛情を注がれている。

砂糖菓子のような甘さのそれを、彼女は与えられることに慣れていなさすぎるから、日々困惑が続いているようだが、カレアムに行けばこれが当たり前の世界になるのだ。

ティミスも、皇子という地位に甘んじることなく勉学に励み続けて、自由に動けるという『権利』を手に入れ、皇太子の補佐をしながら己の唯一無二がいつか現れるかもしれない可能性を信じてきた。

その唯一無二が現れ、これまでどれほど両親に大切にされてきたのかと思って調べてみればこの有様《ありさま》。

宝石姫と『成った』から、周りは今更後悔を始めたのだ。宝石姫に見捨てられた国、という汚名が欲しくないからそうならないように、ここに来てナーサディアに構い始めた。

けれど、ナーサディアはもうこの国ごとどうでもよくなっている。それは執事に問いかけたあの様子を見れば明らかだ。

今、ナーサディアは静かに眠っている。

塔にいた頃は悪夢に魘《うな》され、悲鳴をあげて飛び起きることもあったそうだが、熱を出して寝込んでいた期間は除き、ティミスに保護されて十日近く経過しているが、悪夢を見ている様子はない。

ティミスと護衛騎士が話している内容は、寝室までは届かない。

寝室の入口も、与えられた客間という名の貴賓室も、信頼できるカレアムの騎士が守りを固めている。

「……で、どうするの」

「わたしが……、わたしの考えが、あまりに浅はかでした。お許しを、我が主」

「二度目はないよ」

怒りに任せて彼の首をすぱん、と刎《は》ねてしまうことは簡単だ。だが、それはしたくなかったので、ティミスはこっそりと安堵の息を吐く。

皇帝夫妻には文を出しているので、もう少しで帝国からの迎えの馬車がやって来る。

それまでは、ベアトリーチェにもエディルにも、ナーサディアを会わせてやる気はないけれど、最後に挨拶くらいは良いか、とティミスはほくそ笑んだ。

手元にある、皇族お抱えのデザイナーに直《じか》に連絡できる魔道通信具を取って、スイッチを押す。

程なくして聞き慣れたデザイナーの声が聞こえた。

『お呼びでございますか、ティミス皇子殿下』

「うん。全てを動員して僕の宝石姫に相応《ふさわ》しいドレスとヴェールを製作してほしいんだ。締切《しめきり》は明後日。お前ならできると信じているよ」

『まぁ……。光栄なことにございます。では、早々に姫様の容姿、それとドレスのサイズは……お分かりになります？』

「分かる分かる、すぐ送るよ」

小さく開かれたゲートに、ナーサディアの特徴とあちこちのサイズ、情報として求められたあれこれを、これでもかと細かく書き記した紙を置いて送った。

これからすぐにとりかかる旨の連絡をくれたデザイナーに、通常の三倍の報酬を振り込むことを約束して衣装製作依頼のための書類を作成し、これまたゲートに放り込んだ。

「さて、と。ただ美しいだけの姫と僕の愛しい宝石姫のどちらが美しいのか……。そこから、しっかりはっきり知らしめてやろうかな」

上機嫌になって、ティミスはその日の業務を深夜まで行ってから、もう一部屋あった寝室へと向かい、眠りについた。

第四章

そして翌々日の朝。

軽く身支度をして、さぁこれから朝食をというタイミングでティミスは切り出した。

「ナーサディア、明日には帝国から迎えが来るからね。その時はうんとおめかしして行こうね」

にこにこと笑いながら言うティミスを思わずガン見するナーサディア。朝食の給仕をしてくれていたバートランドもつられてガン見し、動きを止める。

二人がぎこちなく視線を合わせ、『はて？』と首を傾《かし》げていると、とんでもなく機嫌のいいティミスは流れるように言葉を続けた。

「だって、ナーサディアは宝石姫だよ？　それ相応の装いをしないと。ね？」

そしてナーサディアはハッとする。『まさか、それ相応の装いをしないとカレアムで顰蹙《ひんしゅく》を買ってしまうのでは⁉』と。思いもよらない方向へと思考を巡らせている彼女の様子をいち早く察知したバートランドは、そっとナーサディアの肩に手を置いてふるり、と首を横に振った。

「ナーサディア様、恐らく思っていることは間違っておりますのでご安心を」

「あ」

「え？」

「ティミス殿下、ナーサディア様はどちらかといえばマイナス方向に思考回路が働く傾向にございますので、丁寧すぎるほどに説明して差し上げるのが宜《よろ》しいかと」

「そっか」

バレていた、と顔を真っ赤にするナーサディアと、ニンマリと笑うティミス。傍《はた》から見ればどうにも予想のしにくい仲の二人に見えてしまうが、どう見ても楽しんでいるティミスの様子に、執事は『悪いようにするわけはないな』と、安心して一歩下がる。

何なのだろう、とナーサディアが首を傾げつつも綺麗《きれい》に焼かれたオムレツを切り分けて一口食べた、まさにその時。

「ナーサディア用のドレスとヴェール、あとはー……ネックレスにティアラと、手の甲のダイヤモンドに装着させていい感じに見せるチェーンブレスレットと、それからヒール低めの靴と、それから扇をね、発注したんだ。今日の夜に届くから、試着してみせてね！」

ご機嫌で言われた内容に、ナーサディアが硬直した。

こくん、とオムレツを辛《かろ》うじて飲み込んで、『え』と、それだけ呟《つぶや》くとティミスは同じ内容を繰り返す。

一体総額いくら掛けたのだろう。

聞いたら卒倒しそうだったので、ナーサディアもバートランドも聞くことを光の速さで諦めた。

「ドレスにもヴェールにも、何もかもに、ダイヤモンドを鏤《ちりば》めてもらったんだよねぇ。……魔除《まよけ》の意味もあるし、ナーサディアの力の増幅や調整がやりやすくなるから」

後半は聞こえなかったらしいナーサディアが、いよいよ顔色を悪くする。そんなにも丁重に扱われたことのない彼女は、思わずフォークを取り落としてしまうが、何事もなかったかのようにバートランドがフォローして新しいフォークをそっと置く。

「ティ、ティミス、さま。それ、いくら、かかった、んです、か」

「大丈夫大丈夫、僕の私財で余裕で賄えるものだから！」

いや違う、そうじゃないとナーサディアは慌てる。そして思う。

ナーサディアが思う『私財』の額と、ティミスが言う『私財』では桁が三つ四つほど違うのではなかろうか、と。

ありとあらゆるものにダイヤモンドを鏤めるなど、虐げ続けられてきたナーサディアからすれば正気の沙汰ではないのだが、それをいとも簡単に用意してしまうティミスの懐の（物理的な）大きさは、果たしていかほどのものなのだろうと改めて思い、そんなにしなくても良いのだと言いたかったが、言おうとして止めた。

彼は本当に、ただ純粋にナーサディアのことが大切で仕方ないのだから。

「あ……ありが、とう……、ございます？」

「負担に思うかもしれないけど、……幸せになるんだから、それを見せつけてやりたいんだ」

「え……？」

「ナーサディア、もう一度だけ聞くね。拾い忘れた大切なものは、もうどこにも、ない？」

問われ、それには迷うことなく頷《うなず》く。

そして、サラダに添えられていたプチトマトを一口で食べた。

「……うん。なら良《い》い」

少しだけおちゃらけた雰囲気が消え去り、ナーサディアを慈しむ優しさと温かさしかない眼差《まなざ》しが向けられる。

この、どこまでも自分だけを甘やかしてくれそうな目に、ナーサディアは二週間も経過していないのに、弱くなっていた。

自分を優しく見つめてくれる眼差しが、擽《くすぐ》ったいような、温かくなるような、むず痒《がゆ》くなるような、不思議な感覚。

それをカリナとチェルシーに伝えると顔を覆って大泣きされたし、困り果ててバートランドに伝えても『ティミス殿下に感謝を』としか言わないしで、ナーサディアにとってよく分からないまま終わっていた。

いつかきっと、この気持ちの意味するところが分かるのだろうかと思いながら、他の人からすると少なめの朝食を食べ終えた。

食事が終われば、ティミスから帝国の話を聞いて、身につけなければならない礼儀作法やしきたりを簡単に学ぶ。

向こうに行ってからでいいのに、と言われたけれど、助けてもらう身として、世話になりすぎると申し訳ないからと、ナーサディア自身が頑《かたく》なに学びたいと望んだのだ。

元々王太子妃教育を受けさせられていたことや、学ぶことが嫌いではなかった性格が幸いして順調に吸収していった。一度でできなくとも、数回繰り返したらある程度の形にはなった。

公式の場に必要な淑女としての立ち居振る舞いを学び、普段のようにつっかえることなく挨拶もできるし、動きのひとつひとつがとても綺麗だった。

「ナーサディア、基本的な挨拶はもう覚えたし……簡単にしきたりも説明したから、ゆっくりしてなよー……。病み上がりなんだよ？」

「で、でも……」

「夜にはドレスの試着もあるんだから、もう終わり！　おしまーい！」

「……うぅ」

しょんぼりと肩を落とすナーサディアに、『もうちょっとだけね』と言ってあげたい気持ちもあるけれど、熱がようやく下がったのだ。ティミスからすれば、昼寝ばかりでも良いくらいなのにと思ってしまう。ゆっくりと、自分のために過ごす時間も持ってほしい。

「ナーサディア、カレアムに行って落ち着いてからにしよう？　それからでも遅くないし」

言われてみればそうかもしれないと、ようやくナーサディアはソファーに腰を下ろしてくつろぎ始めてくれた。読書でもしようか、と提案すれば、頷いて目を輝かせる様子がとても可愛《かわい》らしく、彼女が興味を示したジャンルの本を持ってこさせると、二人揃《そろ》って読み始めた。

平和で、和やかな時間。明日になれば一旦終わってしまうけれど、今はただ、二人での穏やかな時間を楽しんだ。

◇◇◇◇◇◇◇◇◇◇◇

「父上、母上。お呼びですか？」

ウォーレン王国の王太子である、アルシャーク・フォン・ウォーレンは国王夫妻に呼び出されていた。

謁見の間ではなく、国王夫妻が普段執務を行っている執務室だった。しかも、王太子である自分のみ呼ばれ、王太子妃であるベアトリーチェは呼ばれていない。

「あの……ベアトリーチェは……」

「あれは、必要ない」

落ち着いた口調だが父にそうはっきり言い捨てられ、アルシャークはたじろいでしまう。

「そなた、何故《なぜ》体調の悪いナーサディア嬢の見舞いに何度も押しかけた」

怒りを込めた口調で問われ、思わず『え』と声が零《こぼ》れた。

「王太子妃が希望したとはいえ、あなた……具合の悪い人のところに何度も押しかけて、人として何を考えているのか言いなさい」

母からもそう問われ、アルシャークは困惑しかできない。

今まで、人から拒否されたことなどなかった。

だから、体調が悪いならお見舞いに行ってあげたら少しでも気が紛れるのではないかという、ただそれだけの想《おも》いしかなかった。今まではそれで皆から感謝されたのだから。

「今までは……誰も、何も、言わなかったではありませんか……。どうして具合の悪い人を見舞ってはならぬのです？」

アルシャークの言うことも尤《もっと》もなのかもしれないが、今回ばかりはそれをした相手がまずかった。『普通』なら、それで良い。今回はまず一つ目に相手がカレアム帝国の皇子であったこと、そして体調を崩して寝込んでいた相手がベアトリーチェの姉妹ではあるものの、その立場が『宝石姫』であった、この二つ目が何よりもまずかった。

アルシャークは揉《も》め事《ごと》はうまく回避して、逃れ、基本的には平和な世界の中で生きてきたこと、自身が王太子であることから、余程のことがない限りは何をしても叱咤《しった》されることは少なかった。

だが、ティミスから『体調が悪いので静かにしておいてほしい』とやんわりとした拒絶があったにもかかわらず、一度ではなく数度、見舞いに行っている。

ナーサディアの身内であるベアトリーチェが、そう、望んだから。

「拒否されていたのは理解しているのよね？」

「え、と」

「ティミス殿下より、正式にカレアム帝国からの抗議文が届けられるそうよ。貴方《あなた》と、王太子妃に対して」

「…………え？」

アルシャークは、『宝石姫』の重大性をきちんと理解していなかった。彼の理解は魔法を使う時、彼女らが生み出してくれた宝石があれば魔力消費が少なくて済む、というだけのものだった。

認識としては合っているのだが、彼女らが『どこに』守られているのかを理解していない。

「ナーサディア嬢は、ベアトリーチェの双子の姉妹ですよ？　どうして家族の見舞いに行ってはいけないのですか！　それすらも拒絶されるのですか⁉」

「その家族から、ナーサディア嬢が何をされていたのか報告書が上がっているはずですが……そう。お前は目を通していないのね」

読んだ。『読む』ことはした。

けれどアルシャークは「とんでもない家族がいたんだなぁ」とだけしか思わず、軽く流してしまった。

ここまでバカで短絡的で、人の気持ちを推し量れない子に育ってしまったのかと、国王夫妻は頭を抱えた。

そして、ティミスから『貴国の王太子殿下は、どうやら宝石姫がどれほどの苦痛を味わったのか、ご理解されていないようだ。大層平和な国で、何の障害もなく、平穏にお育ちになられたのか、よく伝わりました。密《ひそ》やかに帰るつもりだったが、そうなどしてやらない』という伝言を預かっている旨を伝えられ、ようやく今、うっすら理解し始めたようで真っ青になる。

「……っ」

「我が国は、もう何をしても、どう足掻《あが》いても全てが遅いのです」

国王夫妻は、静かな口調で続ける。

「カレアム帝国を、本気で怒らせてしまったのだから」

「これまでの平穏など、消《き》え失《う》せてしまうであろう」

ベアトリーチェがいかに悪手を取ってしまったのか。

これが普通の国との国交であればまだ取り返しもついたのかもしれない。だが、相手はカレアム帝国だ。国力で双方に差はあまりないものの、『魔法』を使う技術力に関しては桁が違う。カレアム帝国は研究にも、調査にも、他国が追随できないほどに力を注ぎ、結果を出し、『技術力』に関してはありとあらゆる国に対して優位に立っている。

勿論《もちろん》、ウォーレン王国に対しても技術協力は行われている。帝国のおかげで民の暮らしも貴族の暮らしも、数十年前と比較にならないくらいに生活水準は向上していた。その国の第三皇子の怒りを買ってしまうことが、一体何につながってしまうのか。

王太子であるアルシャークは、それらを理解した上で見舞いに行くことを止《と》めなければいけなかったのに止めなかったし、そもそも考えようともしなかった。結果として最悪の事態を引き起こしたことに気付くも、後戻りなどできない。部屋に戻ったアルシャークは誰に言うでもなく『ごめんなさい』と呟いたが、声は部屋の壁に吸収されて、終わった。

王家の者は修羅場にいたが、反対にナーサディアとティミスは日中は穏やかに過ごしていた。そして、衣装製作を依頼したのは二日前。それからぴったり宣言通りの夜。

傍目《はため》にも明らかに疲れきった様子の皇族専属デザイナーである貴婦人と、その付き人たちが大量の荷物を抱え、転移魔法で展開されたゲートをくぐりやってきた。

貴婦人の目の下にはクマができているが、目的の人物であるナーサディアを見つけた途端、一気に顔が輝いた。

「まぁ……っ！　まぁまぁ、何とまぁ……予想以上に大変愛らしく神秘性のある姫様でしょう！」

「……っ、……⁉」

「お初にお目にかかります、新しき宝石姫様。わたくしの名は、エスメラルダ。皇族の皆様方の衣装製作を任されております。此度《こたび》、ティミス皇子殿下より依頼を受け、超特急でドレスを仕上げ、こうして馳《は》せ参《さん》じました。どうか以後お見知り置きを！」

跪《ひざまず》き、土下座せんばかりに深々と頭を下げ泣きそうになりながらナーサディアに挨拶をするエスメラルダに対し、どうやって接して良いのか、返事をして良いのか分からずにオロオロしていると、ティミスが駆け寄ってくる。

「エスメラルダ落ち着いて！　ナーサディアが物凄《ものすご》い混乱してるから！」

「はっ……わたくしったらつい……！　申し訳ございません、姫様。これから貴女《あなた》の衣装をお作りすることができるのだと思うと嬉《うれ》しくて……！」

「え、っと……あ、ありが、とう……？」

「まぁ……まぁまぁ！　お声まで愛らしいだなんて……！」

「ティミスさま……！」

ティミスはともかく、塔の使用人たちも見たことのない、ものすごい勢いで助けを求めている。

さすがにそれをいち早く察してくれたらしいティミスは、エスメラルダの肩をぽんぽん、と叩《たた》いて我に返らせる。

「はっ、つい！」

「気持ちは分かるけどまぁその、うん。落ち着こう。ね？」

「重ね重ね申し訳ございません……！　ささ、とりあえずドレスをご試着なさってくださいませ。細かなところはすぐさま！　お直し致します故！」

「へ」

「ナーサディア、君のための明日の勝負服だよ」

ほんのちょっとだけ忘れていたかったけれど、ティミスが言っていた、ドレスや宝飾品の数々。

ずらりと並べられたそれらは、どう見ても一級品以上のものだと分かるものばかり。

アクセサリーはさすがに研磨などが間に合わなかったために既製品らしいが、それでも一級品どころか特級品であるだろうと思われる品質の良さ。カレアム帝国の技術の高さが詰め込まれたそれらを、ナーサディアはじっと眺めていた。

だが、試着してみないと合うか合わないか分からないので、まずはドレスを手にする。

「すごい……」

シルクとレースが組み合わされ、華美になりすぎないよう作られた、ナーサディアのためだけのドレス。

「着て、きます」

「ナーサディア様、お手伝いいたしますね」

「うん、よろしく」

カリナと寝室に向かい、身に着けていたワンピースを脱ぎ、コルセットを着用し、ドレスを身に纏《まと》う。

ウエストの上あたりが少し絞られたAライン。首元は細かなレースが誂《あつら》えられており、ハイネックとまではいかないが、首から鎖骨にかけての肌が露出しないよう配慮されている。

それは肩口から手首まで続き、露出を少なくしてくれているためにナーサディアも着ることに抵抗はなかった。

レース生地にはビーズが縫い付けられているのだろうか、と思いよく見れば、キラキラと光るそれらは全て小さなダイヤモンド。

ウエスト部分の後ろ、腰のところにはリボンがついており、結んでもなお長さがあるため可愛らしすぎることはなかった。

ドレスを纏い、寝室から隣に続いた部屋に行けば、エスメラルダは顔面を覆って感動し、ティミスは勢いよくナーサディアに駆け寄ろうとしたが、護衛騎士が襟首を摑《つか》んで寸前で止めてくれたので事なきを得た。

髪を緩く三つ編みにすることが気に入っていたために、今もその髪型だったのだが、これがまた大変素晴らしい雰囲気を醸し出していた。

ティミスが落ち着きを取り戻して、ナーサディアに近寄ると、小粒のダイヤモンドが鏤められたヴェールとティアラを着けさせる。

ティアラの中央を飾るのは希少なブルーダイヤ。

ナーサディアの雰囲気と見事に合っており、ティミスは満足そうにうんうん、と頷いた。

「…………」

一方、当の本人のナーサディアは、表面では平静を保ちつつも内心気が気ではなかった。『傷付けてしまったらどうしよう……！』と慌て、ティアラを装着されている時もその他も、なるべく動かないよう、すっかり硬直してしまっていた。

「ナーサディア、ドレスのサイズはどう？」

「……」

「ナーサディア？」

ティミスが改めて声をかけると、肩を大げさなまでに跳ねさせたナーサディアは、何度も頷いてみせた。

「……っ、あ、はい！　えと、だ、大丈夫、です！」

「姫様、緊張なさらずとも……と言っても難しいかもしれませんね。でも、ご安心ください。それは姫様のためだけの御衣装です。後々リメイクもできますし、もし汚してしまっても洗えば良いだけですわ」

エスメラルダは、おっとりとした優しく、ナーサディアが安心できるようとても柔らかな口調でそう言う。それを聞いたナーサディアは安心したのか、ガチガチに硬直してしまっていた体から、少しだけ力を抜いた。

「姫様、腕を上げてくださいませ」

「こう……ですか？」

「肩の突っ張りなど、ございませんか？」

「大丈夫です……」

「ウエストは？　苦しくありませんか？」

「は、はい！」

「それは良うございました。それではこちらを……」

「これ、何、ですか？」

「殿下、どうぞ」

「これはね、ナーサディアの手の甲にある宝石にこうして……」

中指に指輪をはめ、そこから繋《つな》がる白金の華奢《きゃしゃ》なチェーンのデザインブレスレット。ダイヤモンドを取り囲むようにしてくるりと巻き付ければ、それを含んで装飾品のように見せられる。

宝石姫という存在を疑う人もいれば、奇異の目で見る人もいる。全てを把握しているのはカレアムの人たち、それから他国の王族や高位貴族の一部のみなのだ。

諸外国に対しては『宝石の加護を受けた特別な存在』として認知されているため、こうして隠している。でなければ宝石姫の命を狙ったり、ナーサディアのように手の甲に宝石のついた姫なら手首を落としにかかる狼藉《ろうぜき》者もいる。

守るためならば全てをかけて。

それが、カレアム帝国が国全体として貫き通している、志。

「ほら、こうすれば手の甲に宝石がついている、と思われにくくなるだろう？」

「わぁ……！」

初めてダイヤモンドを見た時は、どうにかして取ろうとしていた。

だって、まさか人の手の甲に宝石が現れるだなんて思っていなかったから。

でも、今はこれがあるのが当たり前で、これがあったおかげで守られている。

「綺麗だよ。……僕のナーサディア」

改めてその場にいる全員を見回したら、皆、微笑《ほほえ》んでくれていた。

背筋を伸ばし、用意された品を身に纏ったナーサディアは、名前の通りまさしく『宝石姫』であった。

「あ、あの……」

「ん？」

「明日、改めて、着るから……」

「うん」

「脱ぎ、たい」

「うん？」

「や、やっぱり緊張、する……！」

「あはは、勿論。じゃあ、これは明日の朝食が終わってから着よう。エスメラルダ、ありがとう。帝国に戻って休んだらナーサディアへ、また別のドレスをたっぷり作っておくれ」

「かしこまりました。既に姉姫様や妹姫様より依頼を受けておりますので、我ら衣装製作部隊を総動員して作製いたしましょう！」

　ガッツポーズをしつつゲートを開き、手を振りながらその先へと帰っていくエスメラルダを、ナーサディアはお辞儀をして見送ったのだが、直後に再度ゲートが開いた。

「……!?」

「わたくしとしたことが、何たる不覚」

　ずい、と近づくエスメラルダの迫力に、思わずナーサディアは後ずさりしてしまう。

「あ、あぁ、あの、エスメラルダ、さん？」

「姫様、そして姫様付きのお二方。こちらのドレスの着脱につきましてレクチャーいたしますので、どうぞこちらへ」

「は、はい」

　エスメラルダの迫力に圧《お》され、カリナとチェルシーは頷いてナーサディアとエスメラルダの後に続いて寝室に移動した。ナーサディアの姿が見えなくなってから、ティミスはほくそ笑む。

　あそこまで飾り立てた己の半身を見る『妖精姫』様は、どんな気持ちだろうか、と。きっと彼女の記憶の中にいるナーサディアは、幼児のままで、着飾るといってもせいぜい幼児の時と今のナーサディアの年齢の令嬢とでは訳が違う。

　これまで己が浴びてきた賞賛、羨望の眼差し、それらをナーサディアが明日、全て受けることになるだろう。

　ナーサディアを嘲笑《あざわら》った貴族たちも、彼女を守ることをしなかった王族たちも、どんな顔をするのだろう。彼女を一番最初に忌み嫌った侯爵夫妻は、明日彼女を見てどんな顔をするのだろうと、そう考えるだけでティミスは笑いが止まらなかった。

「明日が本当に楽しみだよ……。お前たちが忌み嫌い、嘲笑った子が、どれほどまでに尊くて高貴な存在に変身したのか……見せてあげるからね」

ふふふ、とティミスは笑う。

本来ならば『はいさようなら』という簡単な挨拶のみで、ティミスはナーサディアを連れてカレアム帝国へと帰ろうと思っていたけど、予想より遥《はる》かに酷《ひど》い有様《ありさま》を見てしまえば考えも変わる。ナーサディアを美しく着飾らせ、愚かな家族が早々に見捨てた少女がどれだけ大切にされる存在となったのかを見せつけてやらないと気が済まない。

誰か、ナーサディアの家族が一人でも守ってやっていれば、彼女を大切にしてあげていたのならば。

いくら、「たられば」の話をしても、過去は変わることはなく、ナーサディアがまともな育てられ方をしていなかったということのみが、現実として残っているだけだ。

今更後悔しても遅いし、どうにもならない。ナーサディア自身もこの国を捨てることになんの抵抗もないのだから。

そういえば、とティミスは装飾品にまぎれていた母から自身への手紙を見つけて開き、中に書かれていた内容に思わず目を見張った。

「わぁ、母上も父上も本気出したなー……これは……」

息の根を止め切る寸前までやり尽くすつもりなのだと分かる内容のそれを、誰にも見られることのないように、ティミスは燃やして痕跡をなくした。

気疲れから、ナーサディアはドレスを脱いで夜着に着替えた途端、ベッドに倒れ込んで眠りについてしまった、と申し訳なさそうに報告してくれたメイドに、ティミスは『良いよ、大丈夫だから』と笑って返事をしておいた。

そうして迎えた翌日の朝。ナーサディアは起床し、チェルシーが用意してくれた程よいぬるま湯で顔を洗い、化粧水や乳液をつけて肌を落ち着かせる。少しずつ当たり前になったティミスと同じテーブルでの朝食の時間や、食べ終わってからの食後のお茶の時間。塔にいた時には考えられないほどの穏やかな時間と、驚くほどに落ち着いている気持ち。

あぁ、ようやくこの国からいなくなれるのだと、ナーサディアは安堵《あんど》の息を零した。

本邸から追いやられたあの日からずっと一緒にいてくれた皆は、これから先も一緒にいてくれる。そして、自分のことを救い出してくれたティミスとも、一緒にいられる。

この国の民ではなくなることの嬉しさが、自然とナーサディアの表情を明るくしてくれた。

髪の色も目の色も、かつての己のものではないけれど、どちらかと言えばこちらの方がしっくりきて馴染《なじ》んでいる。

手の甲にあるダイヤモンドを一度見て、祈りを捧《ささ》げるように目を閉じ、額に当てた。

「……ありがとう。あなたのおかげよ」

目を開き宝石に微笑みかけると、応えるように少しだけ光を放ってくれたように感じた。

「……支度、しなきゃ」

チェルシーとカリナにお願いして、昨夜のドレスの試着の時とは比べ物にならないくらい、丁寧に髪も結い上げてもらい、ヴェールを着けた。

健康状態に問題はなかったのだが、少しでも顔色を良く見せるために頬紅を差してもらい、ナーサディアにとっては少し赤みの強い紅を引いてもらった。

あまりケバケバしくならないよう、なるべく控えめに化粧を済ませ、贈り物の宝飾品を全て身に着け、最後に白銀の扇を手にする。シンプルながらも華やかに見えるデザインで、ナーサディアはすぐに気に入った。

白で統一された衣装と、光が当たるたびにきらきらと光り輝くドレスとヴェールのダイヤモンド。動くたびに光を反射して輝き、まるでナーサディア自身が光を纏っているかのように見える。

ティミスが低いヒールの靴を用意してくれていて助かった、とも思う。

あまり長距離、長時間歩いたり立ち続けたりするのには慣れていないため、限りなくヒールの低い、もしくはないものの方がありがたかった。

身支度を済ませてティミスと合流すると、彼からすい、と手が差し出される。

「さぁ、お手をどうぞ。僕の……いいえ、わたしの宝石姫」

「……はい」

自然と微笑んで差し出された手のひらに己のそれを重ね、並んで歩きだす。

ティミスに導かれるままに、謁見の間へと。

扉の両側に立っている兵士に目配せをすると、重厚な扉がぎぎ、と開かれる。

ナーサディアが予想していたより遥かに多くの貴族たちがずらりと立っており、窺《うかが》うような目線を寄越してくる。

「……ふぅん、よくもまぁこれだけ集まったものだ」

「ティミス、さま」

「大丈夫。そのまま堂々としているんだ」

決して周りに聞こえないように、二人は声を限りなく小さくして囁《ささや》き合《あ》う。

周りの貴族がナーサディアだと気付いているのかいないのか、よく分からない。というのも、まずナーサディアの髪の色が違うことが原因の一つであるだろう。

ヴェールから覗《のぞ》いている長い髪は、以前とはまったく異なる色。ティミスに手を引かれながらゆっくりと歩く彼女に対して向けられる目の色は、多種多様であった。

こつ、こつ、とヒールを小さく鳴らして歩き、ウォーレン国王夫妻が座る玉座の前までやってくると、立ち止まって腰を折りお辞儀をした。

「宣言通り、彼女は我が帝国に連れていく。異論はないですね？」

「う、む」

苦い顔をする国王を、ナーサディアはヴェール越しにじっと見る。どうしてあんな顔をするのか分からない。

国王が口を開いたり閉じたりを繰り返しているのを見ると、今更何を言う必要があるのだろうか、と考えていたが、ちらりと視線を移動させると、国王夫妻より少し離れた位置に座る王太子と王太子妃が目に入った。

あぁ、そこにいたんだね、と内心で己の片割れに声をかける。その声は届かないが、何やら訴えかけるように両手を祈るように握ってこちらをじっと見ていた。

「……ナーサディア、お別れを言う?」

声をかけられ、はっとしてティミスを見上げる。

そして、国王夫妻に改めて視線をやるが、彼らに対して特に何かを言いたいという気持ちは湧いてこない。が、体裁を整えておくために必要なのだろうか、と思って頷いておいた。

「そうか」

ティミスが穏やかに微笑んでいてくれるから、勇気が貰《もら》える。……といっても、目の前にいる人たちが別に何か助けてくれたわけでもないので、ナーサディアはティミスから一度手を離してお辞儀をして口を開いた。

「もう、戻りません。……さようなら」

ありがとうも、お世話になりましたもない言葉に、貴族はザワついた。宝石姫だからと無礼を働くのか！　と怒鳴り声が聞こえてくるが、冷静なままナーサディアは続ける。

「私の家族だった人を、よろしくお願い致します」

しん、と静まり返る。

淡々としたナーサディアの口調に、貴族たちは『こんなはずでは』、『どうして惜しまない』など、意味の分からないことを口々に言っているが、ナーサディアは再び下がってティミスの手を取る。

まるで、『お前たちの傍になどいたくない』と言わんばかりに。

「……っ、ナーサディア！！！」

静まり返った広間に、ベアトリーチェの悲痛な声が響く。

「ねぇ、考え直して！　また皆で暮らそうよ！　……っ、そうだ、私と一緒にいよう？　ね、それがいいよ！」

「……」

「ナーサディア!!」

「………、……、………」

「え、な、何？　ナーサディア、なぁに？」

ベアトリーチェの悲痛な声に貴族たちがつられて悲愴な表情になるが、国王夫妻が『余計なことをするな』と言わんばかりに顔を歪《ゆが》めているのには気付かないようだ。

そして、ティミスとナーサディアの空気は、揃って氷点下へと。

ナーサディアがぽつりぽつりと呟いた言葉を拾っていたティミスは笑いが隠しきれず、慌てて手で顔を覆った。国王夫妻は目ざとくそれに気付き、何かを二人で相談している。

「な、ナーサディア、聞こえないよ」

慌てて駆け寄ってくるベアトリーチェをヴェール越しに見据え、ナーサディアの手を取ろうとしてくる彼女の手を振り払い、よく聞こえるよう、大きい声ではっきりと、言った。

「私、もうあなたの道具などではないわ。モノ扱いするために置いておきたいのね？」

「……………………え？」

「いつも陽だまりの中にいらっしゃる王太子妃のあなたにはわからないよね」

「……ま、まって、ナーサディア……」

次々出てくるナーサディアからの拒絶の言葉を、ベアトリーチェは受けいれられないようだった。目を白黒させながら、振り払われたのにまた手を伸ばす。勿論それはまた払われた。

「私を助けてくれたのは、ティミス様や塔にいて私の世話をしてくれていた四人だけよ」

「……っ」

「さようなら、王太子妃ベアトリーチェ様」

とどめのように更に冷たく言い放たれ、ベアトリーチェはポロポロと涙を零すが、ナーサディアは何も反応しない。

王太子が慌ててベアトリーチェを引き戻そうとするが、頑なにその場から動こうとしなかった。それどころかティミスを睨《にら》みつけ、ナーサディアに対しても摑《つか》みかかろうとしている。

「ベアトリーチェ！　やめろ、やめるんだ！」

「止めないで！　返して！　ナーサディアを返してよ！　ナーサディアはそんなこと言う子じゃなかったのに！　……っ、そうよ、こんなのナーサディアじゃないわ！　この偽者!!」

怒鳴りつけた内容に王妃は顔面蒼白《そうはく》になる。

そこにいるのは紛れもなくナーサディア本人であり、ティミスが大切にしている宝石姫そのものである。アルシャークが羽交い絞めにして、ベアトリーチェはようやく止まってはくれたが力が緩む気配はない。

ベアトリーチェをすぐに止められなかったこともそうだが、色々なことの対応が遅すぎることにティミスは失笑しかできなかった。

「……ナーサディア……君、偽者だってさ」

「良かったではありませんか。偽者がいなくなるのですから」

呆《あき》れたように言うナーサディアと、笑うティミス。何がおかしいのかと彼を睨みつけるベアトリーチェを押さえつけるアルシャーク、という何とも形容しがたい様子に、集まっている貴族はざわめいていた。

普段は穏やかに、美しく微笑みを湛《たた》えている王太子妃ベアトリーチェが、あそこまで取り乱した様子は見たことがなかった。

それほどまでに引き離されたくないのだと思えば麗しき姉妹愛なのだが、真実を知るティミスと、一度も助けられたことのない本人であるナーサディアは、冷めきった眼差しを向ける。

ぜぇはぁと肩で息をするベアトリーチェだったが、何ひとつ動じていない己の片割れを恐ろしいものを見るかのように見つめていた。

「っ、どうして……、何も言わないの……」

「……」

「ナーサ！」

「……」

「どう、してぇ……どうしてよぉ……」

王太子妃として常に淑女たれ、と言われていたベアトリーチェが泣き崩れ、羽交い絞めにされたままながらにその場に蹲《うずくま》ったのにも、ナーサディアは動じなかった。

何も言わないし、寄り添わない。反応もしない。

これを見ているハミル侯爵夫妻は、自分たちの目が信じられなかった。

あれだけ仲の良かった二人なのに、今こうして目にしている姉妹二人のあまりの温度差に、父であるランスターは体が震えた。

ナーサディアは、ベアトリーチェにあそこまで言われても何も感じていないし動じていない。

「何故だ……ナーサディアよ……」

思わず口を衝《つ》いた言葉に、エディルは泣きながら首を振る。

「あの子、……は、……わたくしたちのことが、必要ない、のよ……」

「そん、な」

ひっく、としゃくりあげながら泣くベアトリーチェを見ていることに飽きたのか、ナーサディアは視線をティミスへと移した。

「ティミス様、行きましょう。お別れはもう終わりました」

「うん、そうだね」

ふふ、と笑うティミスと、静かな雰囲気のままのナーサディアに、今すぐ去られてはならないと、ベアトリーチェは火事場の馬鹿力でアルシャークを振り払い、勢いよく手を伸ばした。

だが、摑めたのはナーサディアが身に着けていたヴェールのみ。

ぐっと摑んだことで、共に着けていたティアラも引かれ、あわせて髪も引っ張られてしまう。

「い、……っ」

小さな悲鳴に、ティミスの怒りと殺気が瞬間的に膨れ上がる。

ベアトリーチェに殴りかかろうとしたが、謁見の間の扉が開いて入ってきた人物を見て、すぐさま冷静さを取り戻した。

「……この国の王太子妃如《ごと》きが、我が国の至高の宝である宝石姫に何をしているのか」

「流石《さすが》、幼い令嬢を虐げ続けたお国ですこと。野蛮なうえに……自己中心的ですわね」

かつん、かつん、と、歩いてくる二人を見て、貴族たちが慌てて礼を取る。ここに彼らがいるはずはないのに、どうしてだという小さな悲鳴やざわめきが広がっていく。

カレアム帝国の皇帝と皇妃が来るなど聞いていない、と国王夫妻も慌ててティミスを見るが、彼らの目は怒りに満ちていた。

「……我が子、並びに宝石姫へ働いた無礼、どのように償われるおつもりかしら……？」

大国の皇妃とこの国の王妃では纏う迫力がそもそも違う。皇妃が笑い、王妃が玉座から崩れ落ちた。

そのまま土下座をしようとも、全てを知っている相手が容赦などしてくれるわけがないのは、分かりきっていた。

ひ、と息を呑《の》むような、王妃のか細い声。知らせもなく、また、やってくるはずはないと思っていたカレアム帝国皇帝夫妻の登場と、彼らから発せられた怒気に、その場にいた人々は揃って震えあがる。

「父上、母上。遅かったではありませんか」

「これでも急いだ方よ。……あぁ、そちらの方ね」

皇妃ファルルスの視線に、ナーサディアはよろけて崩れていた体勢を慌てて直し、帝国の挨拶をせねばと膝を突こうとするが、皇帝イシュグリアによって止められた。

「よい。姫よ、そなたは我らに膝など突いてはならぬ」

「…………で、です、が」

「よい。さぁ姫よ、こちらへ」

たっぷりと威厳を含んでいるが、とても優しく聞こえる声。ティミスを見ると、微笑んで背を軽く押された。

「あ、あの」

「お初にお目にかかる。本来ならば帝国にてお迎えしたかったのだが……そこの阿呆《あほう》に呼ばれてしまってね。少し早いが、こうして姫に会えた」

「父上と母上が『来るから』と一言だけの手紙を送り付けてきたんでしょう？　ちゃんとナーサディアの謁見の日程も調整していたのに。もしもしー？　父上ー？　聞いてますー？」

慈しむような視線を、皇帝夫妻はナーサディアに向けている。『ティミスに呼ばれた』ということについて、ティミス自身が否定をしているのだが、そこは華麗にスルーしている。とてつもなくいい笑顔を浮かべたままで。

どうして、とベアトリーチェはぎりりと歯ぎしりして、その光景を見ていた。

何故、己の片割れがあのような丁寧な扱いを受けているのか。自分がそこにいたいわけではなかったが、ナーサディアはこれまで塔から出ていなかったのに、ティミスがやって来たからこうなってしまった、と視線を鋭くさせる。

「もう大丈夫だ。これからは健やかに過ごせるよう環境を急ぎ整えよう」

十二分に大切にしていたのに！　危ない目に遭わないようにしてあげていたのに！　と心の中でベアトリーチェは絶叫するが、それが聞こえたかのように皇帝の視線が彼女へと向けられる。

互いの視線が合えば、皇帝だろうが、その行動そのものが不敬と言われようが、『返せ』と怒鳴りつけてやろうと思っていたのに、彼らのあまりの威圧感に何も発することはできなかった。

「……っ」

「姫よ、そこにいる王太子妃に……先程ヴェールを引っ張られていなかっただろうか。共に引かれた髪は大丈夫かね？」

「……あ……」

そういえば、痛かったし、折角整えてもらっていたのにグシャグシャになってしまったのだと、ヴェール越しに前髪に触れた。きっちりと留《と》められていたのに崩れていることが分かり、しょんぼりとしてしまう。大好きな人たちが、一生懸命自分のためを思って、整えてくれた髪型なのにと、小さく溜息《ためいき》を吐く。

「痛かった、けれど……せっかく整えてくれたのに、乱れてしまった、のが……その……申し訳なく、て」

「直せば良いだけでしょう！」

高さも、聞こえ方も、元は同じなのに正反対な二人の声。

残念そうな声と、悲鳴のような怒鳴り声。全く異なる声音。

「……まぁ。……さすが、愛されるだけの『妖精姫』様ですこと。仰《おっしゃ》ることがあくまで自分本位でしかない……ふふ、流石ですわ」

非難、軽蔑、失望、あらゆる負の感情だけを声に込めて、ファルルスは言う。向けられた感情を察知して、ベアトリーチェは真っ向から睨みつけた。

「ナーサディアは、帝国になど行きません！」

「貴女は、ナーサディア嬢ではありませんでしょう？」

「……～っ！」

「決めるのは貴女ではないわ。ナーサディア嬢だもの」

懇願するような視線をナーサディアへと向けたベアトリーチェは、そこで初めて『今』のナーサディアと対峙《たいじ》した。

「え……」

プラチナゴールドの髪に、薄い金色が混ざった、けれどほぼ白に近い限りなく淡い金目。

顔だけ見れば同じなのに、色味が違うだけで、全くの別人に見える。加えて、今のナーサディアが纏うのは白を基調としたドレスや装飾品。

それら全てが相まって、ベアトリーチェとは何もかも異なった雰囲気となり、神秘性すら感じさせた。

そのナーサディアが、ただ、無感情にベアトリーチェを見据えている。

興味も、哀れみも、親愛も、軽蔑も、何もない。ただの『無』。

「どうして、私が、ここに残る必要がありますか?」

「家族、だから」

「……へぇ……」

すぅ、と目が細められる。

「そっかぁ……そうだよね、ベアトリーチェ」

ナーサディアの口調は昔のように砕けたのに、その声の冷たさは何も変わらなかった。

「貴女は、いつも陽だまりの中にいたもんね。お父様やお母様から、全ての愛情を注がれて、慈しまれて、両手から零れてもなお、愛を惜しむことなく目一杯もらってた」

それは、紛れもない真実。今まで過ごしてきた、ベアトリーチェの温かく、幸せな日常。

「本邸の使用人たちも、貴女には優しかったわ。でも……」

少しだけ首を傾げたナーサディアの、瞳の冷たさが膨れ上がったような気がした。

「私はね、あの日、お父様に言われたの」

微笑んでいるのに、その目は一切笑っていない。笑っているのは口元だけ。

「『魔法教育から貴族社会の常識、王国史、ありとあらゆる知識を叩き込んでやろう。お前の大好きなベアトリーチェのための道具として』って」

「……え……？」

初めて知らされた、己の姉妹の過去。それだけ聞けば、『道具』の意味も分かってしまう。つまりナーサディアは『道具』として、何かあった時の身代わりとして育てられ続けていたこと、『何かあれば自分は無事だけれど、ナーサディアは死んでしまう可能性がある』ということも。

信じられなかったし、信じたくなかった。

壊れた玩具のように、ぎぎ、と首を回して父母のいる辺りを見れば、真っ青になって震えている姿が目に入る。

「それから、私は塔に閉じ込められたのよ。そして、貴女と同じ内容の教育を受けていたわ。さっきも言ったでしょう？　道具だった、って」

「そん、な。……う、うそ、よ。だって、ナーサディアは自分で塔での生活を望んで、そんなナーサディアに、淑女教育をするんだ、って……おかあさま、は」

「えー、本当だよ。……ねぇ、王妃様？」

それを聞いていたティミスは、普段ならば絶対にしないけれど会話に割り込み、怒りを湛えた目で王妃を見据え、問うた。

ベアトリーチェは慌ててそちらを向いた。違う、と言ってほしくて。

「……そうよ。侯爵夫人も、認めているわ」

「そ、……っ、え……？」

「まぁまぁ。姉妹のことを何も知ろうともしないだなんて、貴族として、これから王族に名を列《つら》ねようとする淑女としては、愚の極みですよ？」

ファルルスがそう言って、ナーサディアと向かい合い、微笑んで手を差し出した。

「あ、の」

「ナーサディア嬢、少し手を貸してくださる？　わたくしはね、今すごく怒っているの。貴女の、父母だった人に」

「……？」

言っている内容が分からないまま、ナーサディアは差し出された手に自分の手を重ねた。

そこからふわりと光が溢《あふ》れ、しゅるしゅると糸が紡がれる。

「……!?」

「ありがとう。さぁ、お馬鹿さんをここにご招待しましょうね」

どうやって？　と、目を丸くしているナーサディアに対して優しく、にこやかに微笑んだまま、その糸にファルルスは息を吹きかける。そして、糸の先がぴたりと、ある方向を指した。

「そこにいらっしゃったのね」

なるべく人に隠れるようにして、この謁見の間にいたハミル侯爵夫妻の場所を、糸が示し、ファルルスがしっかりと視界に捉えた。

　逃がさないと言わんばかりに指を動かして糸を操れば、物凄い勢いで糸がハミル侯爵夫妻の元へと飛んでいき、エディルとランスターの体にそれぞれ巻きつき、隠れていたのを思いきり引きずり出した。

「きゃぁぁぁぁぁ！！！！」

「うわぁ！！！！」

「お父様!!　お母様!!　……っ、何という酷いことをなさるのですか!?」

　ベアトリーチェから抗議の声と視線を向けられても、ファルルスは動じることはなかった。そんな視線を向けられたところで痛くも痒くもない。

「あら、貴女のご両親から改めて本当のことを聞いたら、知りたくなかった真実と本音を嫌でも受け入れるしかないでしょう？」

　ファルルスは一連の報告書を見てから、この国の王族、貴族全てに対して容赦などしてやらないと決めていた。

　ティミスの大切な宝物であり、帝国の至高の宝でもあるナーサディアの優しい心を踏みにじり、陰へと追いやって、張本人たちは陽だまりで笑っていたのだ。もしもナーサディアが宝石姫でなくとも、一人の母親として、女性として許すべきではないと思っていた。

　そうやって一人の少女を犠牲にして、笑い物にして、生贄《いけにえ》のようなものにしているのだから、国や人として色々なものが破綻していると言わざるを得ない。

「わ、わたし、は、お母様やお父様が、ナーサディアは……、ナーサディア、を……」

「貴女がご両親からどう聞いていたのか、わたくしはどうでもいいの」

「なら、何を……」

「ここいる方々に、真実を教えてさしあげたくて。くだらない見栄《みえ》のために、犠牲になってしまった幼い令嬢のお話を、ね」

知られれば、全てがひっくり返る。

ナーサディアの両親であるエディルとランスターが、ナーサディアを世の中から隠し、虐待していたということ。

それに加えて、ベアトリーチェに対しては『ナーサディアが自ら望み、自ら塔で生活していた』と、これまで嘘《うそ》を吐き続けていた、ということ。

それらを話されては、エディルが、ランスターが、今まで築き上げてきた何もかもが崩れ去る。

だが、いつかはバレてしまうのだ。どうやって隠していても、人の口を全て塞ぐだなんてできないのだから。

ティミスは、別に皇帝夫妻を呼ぶつもりはさらさらなかった。帝国に戻れば謁見するように手配していたし、報告書もきちんと送っていた。だが、報告書を見た皇帝夫妻の怒りがとんでもなく凄《すさ》まじかったというだけの話なのだ。

帝国ではそれだけ宝石姫が、大切にされているということ。

だが、ベアトリーチェはどうしてもその事実を認めたくなかった。心のどこかで、長い間双子の片割れを見下し続けていたのだから。それを今、嫌と言うほど無理矢理に思い知らされた。ハミル侯爵夫妻は、己がしてきたことを公の場で暴露されるだなんて想像すらしていなかっただろう。

自分たちを引きずり出したファルルスは優雅に微笑んでいる。その微笑みの迫力に負け、引きずり出された格好のまま動けない夫妻の元にベアトリーチェは駆け寄っていったが、ナーサディアは動かなかった。

「……ナーサディア……っ」

「先に私を切り捨てたのに……何をそんなに必死になっているの？」

あまりに冷えきった言葉に、ナーサディア以外の家族三人はようやくここで思い知った。

いくら名前を呼んでも、情に縋《すが》ろうとしても、もうそんなものを持ち得ていないナーサディアには何も届くことはない。

あの時優しくしていれば。もしも、あの時に塔へと閉じ込めたりしなければ。

いくら、『たられば』を重ねても過去が変わることはない。己がやってきたことの結果が、今こうして現れている。

何をどう足掻いてもナーサディアがこちらに戻ることはないというのに、それでも彼らは縋る。きっと、優しいナーサディアはこちらの言い分を聞いたら、「仕方ない、です」と困ったように微笑んでくれるという、愚か極まりない夢想の中にいるのだ。

それがあまりにも分かりやすくて、ファルルスとイシュグリアは、目配せをしてからナーサディアを庇《かば》うようにして立つ。お前たちと彼女を会話させるわけにはいかない、と言わんばかりに。

「どこから暴露してほしいかしら、侯爵夫人？」

艶《あで》やかな笑みで、ファルルスは問う。

「調べたらね、色々なことが分かってしまったの。王妃と結託して隠していたつもりだったのかもしれないけれど、人の口を糸で縫い付けて喋《しゃべ》れないようにしたとしても、筆談もあるのだからいずれは露見してしまうわ。あぁ、それすらさせないようにしてしまうというの？　この国の人たちは……何とも怖いお人たちですこと」

鈴の音のような声で言われた恐ろしい言葉の数々。あぁ、知られている。もう駄目だ……と、エディルはぐっと黙った。黙ったところで何も変わりはしないのだが。

帝国そのものを敵に回したことは理解していたつもりだったが、ここまではされないだろうと軽く見ていた節がある。あくまで『つもり』でしかなかった。

「っ、あ、の」

「それと、この国の貴族の皆様方も……。揃いも揃って幼子に辛《つら》く当たり、バカにして嘲笑うのだもの。でもそれって……」

どうにか言い訳をしようとしたエディルの言葉を容易《たやす》く遮り、ファルルスはその場にいるウォーレン王国の貴族たちをぐるりと見渡す。

彼らは『自分くらいは大丈夫だろう』と高をくくっていた。針山に立たされているのは侯爵家のみだと、勘違いしていたのだ。

「つまりは、ご自分たちも同じような扱いを受けてもいいと、そう公言していらっしゃるということだものね？」

明るく言われた内容に全員の顔色がさっと悪くなる。

「自分はやっても良いのにやられたくはないとか……まさかそんなこと、言わないでしょう？」

ね、と追い打ちをかける。

一切笑っていない皇妃の目があまりに恐ろしく、エディルやランスターを筆頭に、この場にいる貴族全員がファルルスから視線を外したかったのだが、それは許されなかった。

すすり泣くような声や、か細い謝罪が聞こえる。

今更ナーサディアへの許しを乞うものばかりで、特に目立っていたのはエディルとランスター。だが、過去に数度だけエディルに連れられて参加した社交の場で、ナーサディアを『化け物姫』とからかったことを辛うじて覚えている貴族たちもこの場にいて、顔色をなくしている。彼らにはとんでもない立場となってしまった令嬢を、はやし立て馬鹿にした記憶が蘇《よみがえ》ってきた。

だが、ほとんどの貴族は、そもそもナーサディアという少女の存在そのものを知らなかったため、完全にとばっちりのような状態。彼らの表情には戸惑いの他に怒りが見てとれた。

「謝られても……どうしろと……」

この場にそぐわないような、困惑しきったナーサディアの声音がよく響いた。

「お前には人の心がないのか！」

それを皮切りに、一斉に貴族たちからナーサディアへの罵倒が始まった。

ナーサディアを罵倒するという行為は、カレアム帝国に歯向かうことと同義であり、当然皇帝夫妻の怒りを買うことは理解もしているし、どのような報復を受けるのか想像すると恐ろしかったけれど、理不尽すぎる、と感じてしまったのだ。更に、かつては『化け物姫』と呼ばれていたナーサディアが大成したことに納得したくなかったため、反射的に貴族たちはナーサディアへの罵倒を開始したのだ。

「人でなし！」

「化け物姫のくせに、着飾っても無駄だ！」

「家族への情がないの⁉」

「最低よ！」

「逃げるな！」

まるで子供の悪口だ、とナーサディアは思う。

けれど続いた言葉に、一切の表情をなくした。

「お前を高く見る帝国人は、目も頭もおかしいんだよ！　この化け物どもが！」

その一言は、これまで怒りをあらわにしたことのなかったナーサディアの逆鱗《げきりん》を見事に刺激してしまった。

「…………」

ざわ、とナーサディアの纏う雰囲気が豹変《ひょうへん》する。

異様な空気に罵声を浴びせていた人たちも、口を閉ざしたり、まごついたりと、どうしていいのか分からないようだった。

「皇帝陛下も、皇妃陛下も、ティミス様も、おかしくなんかない。おかしいのは、自分たちでしょう……っ」

「あら……まぁ。光の精がとてもお怒りだわ」

「ナーサディアが怒ったからね。彼女が宿している宝石はダイヤモンドで、属性は『光』。宝石姫は自分の属性の精霊に愛されている存在。ナーサディアの怒りにつられて、光の精霊も怒りに満ちているんだ」

ファルルスとティミスは静かに呟き、イシュグリアも頷く。

ナーサディアの属性は『光』。

それだけ聞けば、『聖なるもの』というふうに思えるのだが、それだけではない。

『光』そのものに祝福された、清浄無垢《むく》なる存在。それに伴う表立っては見えないが隠れた芯の強さや、意志そのものの強さ。

ナーサディアの手の甲に出現したダイヤモンドの透明感の高さを初めて目の当たりにした時、ティミスは思わず震えてしまったのを思い出す。

宝石としてのダイヤモンドは、無色透明であればあるほど高い品質を持っていると言われているが、あそこまで見事なものは見たことがなかった。彼女がどれだけ耐えて、それでも己の心の奥底には強く眩《まばゆ》い輝きを秘めて持っていたのかを象徴している。

聖なるものであると同時に、とても強い意志を持つ存在。

そして、言葉の通り、『光』をも操る。

「あなたたちの方が、頭も、目も、おかしいじゃない！」

怒鳴ったことのないナーサディアの、初めての本気の怒りと怒鳴り声。

辺り一面が、目も開けていられないほど眩く輝いた。

「私のことはいくら馬鹿にしてもいい！　けど、ティミス様や皇帝陛下、皇妃陛下を馬鹿にできるほどあなたたちは偉くもなんともないじゃない！　都合のいいように私に謝って許してもらおうと媚《こ》びへつらうような人たちなんか、いらない！」

「あ、まずい」

あまりの怒りの大きさに、普段は見えない精霊たちが具現化していた。ナーサディアの周りをくるりくるりと回っていた精霊がひたりと見据えるのは、まずナーサディアに対して暴言を吐いた貴族の男性。その彼が、手で目を覆っていた。この光から逃れるように。

不思議議と、皇帝夫妻やティミスはその強すぎる光の中でも平気だった。ナーサディアが、光の精霊が守ってくれているかのようで。その場にいる他の人は手で陰を作ろうとしたりしているにもかかわらず、だ。

そんな中、ティミスが異様な雰囲気をいち早く察知して、ナーサディアに駆け寄り、背後からぎゅうっと抱きしめる。

「ナーサディア、落ち着いて。大丈夫、僕も、父上も母上も、あんな戯言《たわごと》なんか気にしない」

「でも、……でも、っ！」

「君がそこまでしてやる必要はないんだ。大丈夫だよ、僕の姫」

腕の力を強くして、彼女の怒りが静まるように優しく、あやすように頭を撫《な》で続ける。

「……ありがとう、君は、本当に優しい子だね」

涙を流しながら、しゃくりあげ、言葉を紡ごうと口をはくはくとさせていたが、抱きしめられている安堵感から、次第に落ち着きを取り戻し始める。

ティミスの手のひらが淡く発光し、ナーサディアの目を覆った。

「大丈夫……君がやらなくていい。もう、あんな醜いものは見なくていいんだ……僕たちがやるから」

「ティミス、さま、っ……」

抱きしめてくれている腕に縋り付くように、ティミスの衣服が皺《しわ》になるだなんて今は考えることなく、ぎゅうと握った。ぐずぐずと泣きながら、ただ、温かな居場所を与えてくれる腕に縋る。

泣いて、少しだけ息があがったものの、少しずつ精神状態も落ち着きを取り戻した。

そんなナーサディアの様子に、光の精霊たちもじわりと落ち着いたのか、ナーサディアを心配するように彼女の元へとやってきて、寄り添うように頬や頭にくっついて擦り寄る。何となくそれが察知できたのか、ナーサディアが指先で精霊を優しく撫でてやると、先程の攻撃的な眩さではない、包み込むようなあたたかく優しい光が放たれる。

「……ごめんね、心配させちゃったね……ありがとう……」

もう一度擦り寄って、ナーサディアの周りの空気に溶け込むように揺らめいて精霊たちは姿を消した、ように見えた。

「う、……」

ナーサディアにとてつもない暴言を吐いた貴族の男性は、変わらず目を覆っていたが、そろりと手を外す。

そして、きょろきょろと周りを不思議そうに見回した。

「あれ……？　お、おかしいな……眩《まぶ》しくなくなったのに……何故まだ白いんだ……？」

どうして、と狼狽《うろた》える彼だが、何も見えていないように忙《せわ》しなく周囲を見ている。明らかに様子がおかしいのだ。

「なんで、どうして！」

「……ナーサディア、何かした？」

「多分……、わ、私じゃなくて……この、子……？」

この子、という言葉に姿を消したはずの精霊がひとり、姿を現した。

小さな体で胸を張り、『わたしがやりました、すごいでしょう』と言わんばかりにドヤ顔を披露している。

「お前、何したんだい？」

見えない、分からない、助けて、と騒ぐ男性を見つつ、ティミスは小声で精霊に問いかけると、子供のような声音で、頭の中に直接話しかけてきた。

『ヒメをバケモノっていうなら、みなきゃいいんだよ！　かーんたん!!　だからみえなくしてやった―!!』

キャハハ、と甲高く笑って言われたそれは、どうやら全員に聞こえていたらしい。

その場にどよめきが広がり、ナーサディアを罵倒していた貴族たちは揃って口を噤《つぐ》んだ。

精霊にまでも愛されているのか、と誰かが絶望したように呟いた。

それはそうだろう、と。呟きを聞いたティミスは呆れ混じりの溜息を吐く。

宝石姫であるナーサディアは、その身に属性の定まった宝石を有し、その力を行使できる。更に、国が保管する、持っているだけで魔力消費を半減させることのできる魔石までも生み出せる存在なのだ。

世界を創りし神の子らである精霊に愛され、属性に応じた宝石を宿し、時には使役する、かけがえのない存在自体が宝物である彼女ら。それが、『宝石姫』。

「見なきゃいい、って……光を奪った、ということ？」

『そうだヨー！』

「……やめてあげて」

『ヒメ、うれしくなかった？』

「あなたが、そんな風に力を使っちゃダメ。勿体《もったい》ないし、その力はカレアム帝国の皆さんや、他の国の人たちのために使いましょう？」

『んー……ヒメがそういうならラ！』

ナーサディアに優しく諭されると精霊は嫌そうに顔を歪めたものの、それならばと男性に向けて腕を振るような仕草をした。その後、精霊がくるりと回って消えると同時に、どうやら貴族の男性の目は光を取り戻したようだ。

男性は現実を認めたくないようだったが、理解すると震えながらその場から逃げ出そうとするも、謁見の間から出ることは許されなかった。助けてくれ、殺されてしまう、と叫んでいるが、自業自得の結果なので、誰も手を差し伸べはしなかった。

「ナーサディアは優しいなぁ。あのままでも良かったのに」

「……無駄なことは、したくなくて」

「んじゃ、改めて僕たちからこの国のヤツらへお返しをしなくては」

「平民の方々には申し訳ないけれど……原因は王族を始めとしたこの国の腐敗しきった貴族の方々だもの。貴方たちは思う存分恨まれてくださいな」

どういうことだ、とざわめくが、国王夫妻は慌てて彼ら貴族の元へと駆け寄った。呆然《ぼうぜん》としたままの侯爵家一家と、己の息子を隠すように。

「わたくし、お友達とお喋りする時は口がとーっても軽いから、聞かれたことには素直に答えてしまうの。ここに来る前に色々な人に聞かれたのよ？　『わざわざ貴女様が王国なんかに出向くのには何か理由があるのですよね？』と。だからね、帰ったらこう答えるわ。……『この国の貴族や王族は、一人の少女を軟禁して、事情を知らぬ姉妹の道具として育て、教育していた。それが、我が国が大切にしている存在たる宝石姫だったのよ』、って」

ファルルスはにこやかに告げる。

ダメ、とベアトリーチェは届くはずもないのに手を伸ばす。

やめて、私の片割れを取らないで、返して、嫌、と。か細く懇願しているようだが、別にナーサディアも皇帝夫妻もティミスも、奪ったわけではない。返してもなにも、当の本人が嫌だから出ていく、ただそれだけのことなのだ。

「顔に刻印があるから、ただそれだけの理由でナーサディア嬢を蔑み、本邸から追いやった鬼畜がいる。しかも使用人たちの大半も幼子を虐《いじ》め倒《たお》していた」

暴露されていく、真実。

「最低限の衣食住は保障していたようだけれど、ナーサディア嬢のお世話をしてあげていたのは、ほんの数人だけ。他は嫌がって押し付けあって、塔に出向くことすらしなかった」

「やめ、て」

「ある程度育ってくると次は、王太子妃の道具としての教育を施していたわね。貴族院へ届けもせずに、隠し通そうとしたお馬鹿さんたち」

「……っ」

「貴方がた、ご自身の子を何だと思っていらっしゃるの？」

当たり前の指摘。

当たり前の疑問。

それら全てが今更ながら、エディルやランスター、ベアトリーチェへと深く突き刺さる。

当たり前の指摘を受けて、どうしてそんな悲愴な顔をしているのか。何故自分たちを被害者のように感じているのか。

「それでもナーサディア嬢は貴方がたが強いたひどい生活を乗り越え、王太子妃としての教育も、道具として生きていくための教育も、貴族子女としての淑女教育も、全てきちんとやり遂げたわ。別にそれは貴方たちのためではないの。いつかやってくる、貴方がたとの別離のため」

「そんな……」

「侯爵夫人が一番理解していたのではなくて？　ナーサディア嬢が、もう既に家族そのものを見限っているということを」

ランスターとベアトリーチェが、エディルを見つめる。

彼女は、泣きながらも小さく頷いて口を開き言葉を紡ぐ。

「ナーサディア、に……家族なのに、わたくしに対して、……っ、ぅ……何にも感じていないような、無感情の目を、向けられて……っ」

「当たり前でしょう？　先にそうしたのは貴方がたじゃない」

呆れたファルルスに指摘され、ランスターは呆然とした状態で呟いた。

「だって、ナーサディアは、やさしく、て」

「まぁまぁ……どれだけ昔の話をしていらっしゃるのかしら？」

「家族を、大切に……」

ランスターが呟いた瞬間、ティミスがナーサディアを抱きしめていたその腕を一度離し、大股で歩み寄り、ランスターを思いきり殴り飛ばした。

「が、っ……！」

「お父様!!」

「お前たちは誰一人ナーサディアを大切にしなかったのに、ナーサディアに大切にされていたつもりだったのか。……ははっ、そうかそうか……」

「な、なにを、……」

されるのですか、という言葉は続かなかった。

ティミスの絶対零度の眼差しが、侯爵家三人を見下ろしていたから。

「反吐《へど》が出る。何が妖精姫だ。……何が、社交界の妖精だ。愚物め」

心の底からの嫌悪感を込めた眼差しと言葉に、ベアトリーチェは震え上がる。

それまで愛されることが当たり前すぎた少女は、初めて真《ま》っ直《す》ぐ向けられた、嫌悪を含むその感情が分からず、ただ、震えることしかできなかった。

愛されていて、当たり前だった。

皆が優しいのが、当たり前だった。

だから、考えもしなかった。

ナーサディアがどんな世界にいたのか。どんな扱いを受けていたのか。……どんな思いでいたのか。

ティミスからの徹底的な拒絶に始まり、帝国の長たる皇帝やその妻からも、何もかも全てを拒絶された。

つまり、もうこの国は帝国との繋がりがこの時点でほぼ絶たれたようなもの。しかも、ファルルスは問われればどうしてこの国までわざわざ足を伸ばしたのかすら、答えるという。

「ナー、サ」

縋りつくように、ベアトリーチェはナーサディアへと手を伸ばす。ナーサディアも泣いたことにより化粧が少し崩れていたが、ベアトリーチェも泣きすぎたせいでナーサディアよりも化粧も、髪型も、ボロボロになってしまっていた。暴れたことにより崩れてしまったヘアセット。

いくらベアトリーチェが手を伸ばしても届くことはなく、縮まりもしない距離。

幼い頃は手を繋いで屋敷《やしき》の庭を二人で駆け、咲いている花を摘んで花冠を作ってお互いにプレゼントし合ったりもした。

その頃の面影などお互い、ほとんど残っていない。それどころか、ナーサディアには優しくされた記憶が塔に閉じ込められたあの日からここ数週間まで、一切なかった。

「どうして泣く必要があるのかが分かりません。……侯爵夫妻、最初に私を拒絶したのはあなたたちでしょう……?」

心の底から分からないと、ナーサディアは問いかける。

「……あぁ、そうか。夫人はとても体面をお気になさいますものね」

限りなく冷たい眼差しと微笑みでナーサディアは言う。

これまでならば憎々しげに睨み返してきていたエディルは、まさかここまで徹底的に拒絶されるとは思っていなかったらしく、娘を呆然と見つめていた。

「な、なーさ、でぃあ」

「何度も申し上げます。さようなら、と」

「ま、まって、お母様が！　お母様が悪かったわ！　そう、どうかしていたの‼」

「刻印は消えましたものね、化け物姫の」

「ちがう！　ちがうわ！　あなたも私の可愛い娘よ！」

叫びながら言われても、響くことはない。無言のままでナーサディアはじぃっとエディルを見つめ続けた。

「…………」

「もう一度やり直しましょう⁉　家族水入らずを。だから、ねっ？　お願いだから帰ってきて‼」

お願いします！　と土下座をされてもナーサディアの心は一ミリも動くわけがなかった。

はて、とナーサディアは首を傾げて告げた。

「言葉が抜けております。『宝石姫であることが分かって利用価値があるから』可愛い娘、なんでしょう？」

「…………………え？」

「いつも仰っていたではありませんか。私など、ただの『道具』だと」

そうだ、とエディルは思った。いつもいつも、ナーサディアに対して吐き続けていた呪いのようなその言葉。褒めてほしかったナーサディアの手を払い、叩き、真っ直ぐ向き合って何度も我が子を拒絶し続けてきたが、今すべて返ってきた。

ナーサディアはにこ、と微笑んで侯爵家に対し、お辞儀をする。

そして、極上の微笑みを浮かべたままこう続けた。

「もういい加減にご理解なさってください。あなたがたなど、私の家族ではありません。さようなら」

もう何度目のさようならを告げたのだろう。

人には体罰を通り越した暴力で言い聞かせていたのにと、かつての日々を思い出してナーサディアは一歩下がる。それと同時にティミスが彼女を背で守るようにして前に出た。

「コレがこの国の妖精どもか。表面はまぁ……綺麗と言えなくもないけど、心根は腐りきったクズじゃないか。親が親なら子も子だ」

ティミスは吐き捨てるようにそう言って、ぐるりと周りの貴族を見渡して大きな声で続けた。

「この国も、貴族たちも、どうかしている！　彼女に謝るのはただ、自分が許されたいがための自己満足だ！」

痛いところを突かれてしまい、全員が押し黙る。

「国王夫妻がそうだから、下もそうなったというだけだ。救いようのないクズどもめ」

さらに言い募ろうとしたティミスの頭をファルルスの扇がぺしん、と叩いた。

「あいて」

「言葉が悪いですよ、ティミス」

「母上……すみません」

「罵ることには慣れていても罵られることに慣れていないのだから、理解に時間がかかるのです。この国の王侯貴族、諸々《もろもろ》の方々は……ね？」

ティミスを窘《たしな》めていたのはほんの一瞬。

蔑みきった顔で、改めて周囲を見渡してファルルスは言うと、疲れたように大きな溜息を吐いた。

「陛下、早くこの国から出ていきましょう。ナーサディア嬢の荷物はこれくらい時間稼ぎをすればもう馬車に積み終わっておりますわ」

「そうだな。……あぁそうだ、ナーサディア嬢」

「は、はい」

不意に皇帝から名を呼ばれ、ナーサディアは背筋を伸ばして返事をした。

「去る前に、この国へ光の加護石を生み出せるかな？」

「……？」

「一般的には魔石、と呼ばれているものだ。魔力消費を半分にする、奇跡の石だが……」

「え、と」

「本来ならば、自然と『在る』んだが……」

はてどうしたものか、と困りきってイシュグリアはうーん、と唸《うな》る。

そもそも、これまでの故郷への様々な感謝の意を詰め込んで生成されるはずの、旅立つ宝石姫からの故郷への最大にして最高の贈り物が『加護石』。通称、魔石。

ナーサディアはこの国に対して一切感謝はしていない。感謝することといえば、ただひとつ。

「……あ」

はっと思い当たって、目を閉じてナーサディアは静かに祈る。

彼女の周りを光の粒がきらきらと舞い、ナーサディアの小さな手のひらにぽとり、と小指の先ほどの大きさのダイヤモンドが落ちてきた。

「経緯はどうあれ、私を産んでくれたからティミス様にお会いできました。感謝するとしても、えええと……それ、くらい……？」

「は……？」

エディルの口から気の抜けた声が漏れる。

産んでくれてありがとう、という感謝しかなかった。

もしも顔に刻印がなければ、恐らくナーサディアはたっぷりの愛を惜しむことなく両親や周りから注がれていただろう。

刻印のせいで、ここまで疎まれたが、宝石姫であったために、結果としてティミスに会えた。

差し引いて、頑張ってプラスへと考えた結果が『産んでくれてありがとう』だった。

「小さくとも、加護石であることには変わりないな、うむ」

うん、とイシュグリアは頷く。国王は呆然と、床に落ちているそれを見つめている。凡《おおよ》そ予想はつく。『こんなにも小さいのか』と落胆しているのだろう。

「不満そうだが、その石の威力は凄まじいものであろうな。これほどまでに精霊に愛された宝石姫は、稀《まれ》である。そして、その姫が生み出す宝石の純度と魔力の高さは歴代最高。だが、悲しきかな……祖国が彼女を愛さなかった故に、貴公らは姫に愛されなかった。その代償が、その石の大きさ、というわけだ」

「父上、そろそろ行きましょう。ナーサディアもきっと疲れていますよ」

「そうだな。さ、行こうか姫。…………姫？」

ナーサディアを呼んだが応答がなく、どうしたのかと視線をやったその時、ふら、とナーサディアの体が揺れた。

いきなり、何の準備もなく使った魔法と爆発しかけた己の魔力。

そして、小さいとはいえ加護石を生み出したこと。

それら全てが、気を張りつめていたナーサディアに負担となって襲いかかり、気を失って倒れた。

「ナーサディア！」

崩れ落ちる寸前でティミスが彼女を支え、あまり負担にならないようにと姫抱きにする。

気絶してしまったナーサディアの体を、ティミスはまるで宝物でも扱うかのように静かに抱き上げた。

誰かが、何かを言おうと口を開きかけるも、ティミスもファルルスも、イシュグリアも、それを許さなかった。

ナーサディアが生み出した加護石の大きさを見て、ファルルスは呆れたような眼差しを向けつつ、こう続けた。

「普通に愛してあげてさえいたら、鳥の卵くらいの大きさの加護石になるのだけれど……。まぁ、自業自得ですわね」

双子なのに、育った環境と状況の違いで生まれる体格差。

片や、両親にたっぷりと愛されて何も疑うことなく、良くも悪くも純粋に、ただ愛されることが当たり前の少女。

片や、何もしていないのに愛されず、日陰へと追いやられた少女。

恐らく、この国は荒れ狂う。

王家と、王太子妃の生家がこれまで何をしてきたのか。その結果として何が起こってしまうのか。

自分たちは関係ないと高をくくっていた貴族たちにも、それは当てはまってしまう。

カレアム帝国と繋がりのない国を探す方が難しいほどの外交界の横の繋がりの複雑さに、頭の回転の速い一部の貴族は頭を抱えていた。

これからの仕事がどうなるのか、予想もつかないし、つけられない。だが、巡り巡って、自分たちがやってきたことがとてつもない反動となって返ってきたという、ただ、それだけ。

ナーサディアを抱いたティミスが退室してから、皇帝夫妻が怒りを込めた眼差しをその場にいる全員へと向け直した。

「では、これを以《もっ》て我ら帝国は帰国の途につく。そして、我が帝国民にはしかと、ウォーレン王国が一人の少女を平気で犠牲にしようとしていたほど腐敗しきった考えをお持ちであると、しかと申し伝えよう」

「この国の貴族が、王族が、彼女の家族が、一人の幼い令嬢に対してどういうことをしたのかを、わたくしも問われれば全て語りましょう」

よく通る声で二人は続ける。

「それらを知らしめた上で、我が帝国民に対して通達を出す。……そのような程度の低すぎる国と付き合うことが、どれだけ己の格を下げてしまうのか、よく考えるように……とな」

帝国からの、一方的な離別の通達。

「それでは皆様がた、よい夢を。……あぁ、王族やそこの侯爵家に対して怒りをぶつけてもどうしようもありませんわよ？　だって、あなたがた全員が、一連の加害者なのですから」

『加害者』という言葉に反論したくとも、事実だから何も言えない。

少なくともその場にいた全員がたっぷりと絶望した顔を皇帝夫妻は確認し、退出していった。

第五章

かたん、と揺れを感じてナーサディアはふと目を開く。

左半身がやけに温かくて、すごく落ち着く感じがするのは何なんだろうと、ぼやけた視界が少しでも鮮明になるように必死に意識を呼び戻す。

「あら、ナーサディア嬢。目が覚めたかしら?」

「……え……?」

視界がクリアになって、まず見えたのはナーサディアの向かいで優雅に微笑《ほほえ》むファルルス。

そしてその隣に座るイシュグリア。

「…………え?」

「ナーサディア、おはよう」

更に、どうやら思いきりティミスの身体《からだ》にもたれかかっていたらしい、ティミスの声が頭上から降ってくる。

確か……と、自分の記憶を呼び起こしていく。

皇帝夫妻やティミス、それに自分を大切にしてくれている人たちをバカにされて、目の前に火花が走りそうなほどの怒りを覚えた。その後で、自分の家族であった人たちに対しての別れを明確に告げたところまでは覚えている。

「わた、し」

「気を張りつめていたからね。多分キャパオーバーしちゃったんだ。……大丈夫かい？」

「は、い」

まだぼんやりする意識をどうにかクリアにしようと、瞬きをぱちぱちと繰り返す。少しずつモヤが晴れるようにハッキリしてくると、ティミスにもたれかかっていた体を起こした。

「大丈夫？」

「……ぼーっと、して、ます」

「もうちょっともたれてていいよ？」

「……はい」

ほらおいで、と促され、言われるままにティミスへぽすん、ともたれかかる。

思い浮かぶのは、家族であった人たちの絶望しきった顔。

どうしてあんな風に絶望できるのか、本当に分からなかった。最初に突き放してナーサディアを絶望させた人たちなのになぁ、と考えるが、それすら想像したくなかった。

「今、……どこにいるんです、か？」

「ふふ」

「……？」

見上げてティミスに問いかければ、微笑みだけが返ってきた。

「外、見てご覧」

「そと……」

再び体を起こして言われるままに外を見る。

「え、……っ、……わぁ………！」

窓の外に広がる一面の青。どこまでも遠くが見渡せ、見る場所によっては地平線や遥《はる》か遠くに水平線が見えた。

「すごい………！　……すごいです！　……あ、れ、でも……この馬車……飛ん、で……？」

感動の直後に、ふと下を見てみればだいぶ下に見える地面。

「そうそう。あのね、ナーサディアの荷物を僕専用の馬車で運んでて、僕たちは皇帝専用の飛行馬車で今カレアムに向かってるんだよー」

にこにこと笑いながらさらりと言われた内容に、ナーサディアは思わず硬直する。

「こ、皇帝、専用？」

「うん」

ぎぎ、と機械のように皇帝夫妻に視線をやって見れば、満面の笑みを浮かべる二人の姿。

わぁすごくいい笑顔、とナーサディアは心の中で呟《つぶや》く。

イシュグリアもファルルスも、はしゃぐナーサディアをとても微笑ましそうに見守ってくれていたのだが、今こうしてティミスが言った内容に対しては『さぁどうだ』と、自慢も入り交じった悠然とした微笑みへと変わっていた。

「陛下が乗る馬車はね、特別製なの。今はこうして飛んでいるから割と直《す》ぐに帝国に到着するけれど、もちろん地面を走ることもできるわ。ちょっと……スピードが出すぎるくらいな時もあるけど」

「で、出すぎる……？」

「カレアムからウォーレンって、陸路で二日かかるんだよ」

「……？」

「この人たち一日かけずに来たから」

真顔で言ったティミスは、大きな溜息《ためいき》を吐きつつナーサディアを手招きする。

窓に張り付いて景色を見ていたのだが、ナーサディアは呼ばれるまま先程の位置まで戻って座り直した。

「望めば、それくらいの爆速で走れるけど……今のナーサディアがそんな暴走馬車に乗っちゃったら、間違いなく馬車酔いするし体調崩すから、空路で行ってるんだよ」

「え、あ、えと」

「ティミス、ナーサディア嬢に誤解させてはなりませんよ。あと、空路だともっと早いんですのよ。ねぇ、陛下？」

「半日かからんな」

「…………」

自分の本で得た知識や聞いた話が、何となく音を立てて崩れたような気がしたが、そもそもナーサディアが知っている馬車とは色々なものが違っているんだなぁ……と、また飛びそうになる意識を必死に繋《つな》ぎ止《と》めた。

「父上、母上、帰ったらまず先にナーサディアに休んでもらって良《い》いでしょう？」

「無論だ。ナーサディア嬢、ちなみに嫌いな食べ物とかはあるか？」

「……えっ？　……あ、えと……、え？」

「ナーサディア、自由に答えて良いんだよ。僕らの前で遠慮なんかいらないんだから。もちろん、好きな食べ物を言ってくれてもいいよ」

よしよし、と頭を撫《な》でてくれるティミスの手が心地よくて自然と目が細まる。

「好き、な……もの。えぇと……」

何が好きだったか、とぼんやり考える。

あぁ、そういえば料理人のドミニクが作ってくれる、林檎《りんご》のコンポートが載せられた、生クリームと蜂蜜がかかったパンケーキが好きだったなぁ……と、思った。

あまり頻繁には食べられなかったけれど、淑女教育担当の婦人に褒められた時や、テストでいい成績を取れた時に食べられた記憶が過《よぎ》り、特別なご褒美感があった。

だが、今ここでリクエストしても食べられるかどうか、と悩む。あとは何が……と更に考えて、ふと思い立つ。

「……あ……」

「何？　何がいい？」

「あ、あの……他の、宝石姫、様たちは……、どんなお菓子？　とか……が、好きなんです、か？」

「他の姫？」

「好きな、もの……あるけど……今すぐは、多分食べられない、だろうから……」

「あ！　もしかしてあの料理人の彼が作ってくれてたもの？」

そうだ、という意味で、数度頷《うなず》いて肯定した。

ティミスは少し考えて、ナーサディアの言うことがもっともかと思う。

彼女は、本邸から幼い頃に連れ出され、塔へと押し込められた。

ナーサディアがそれから食べていたのは料理人の彼が作ったものだけで、きっと貴族令嬢たちが食べていた流行《はや》りのお菓子や輸入された珍しいお菓子などは、好きとか嫌いとか以前の話で、そもそも食べたことがないのではないか、と。

ナーサディアの世界の全ては、本当に、あの塔の中だけだったのだ。

バートランドやカリナ、チェルシー、料理を作ってくれるドミニク、彼らが彼女を取り巻く人間関係の全てだった。

「ごめんなさい……、うまく、答えられ、なくて」

「うーん、言われてみればそうなんだよねぇ。あとナーサディアはしばらくごめんなさい禁止、良いね？」

「へ？」

「ナーサディアの世界はあそこだけだったからね。うん、僕の質問が悪かった。なので、質問を変えるね」

「……へ？　あ、は、はい？」

「どんなものが、食べてみたい？」

矢継ぎ早な言葉に目を丸くするナーサディアだったが、質問の内容を変えてくれたティミスを改めて見つめた。

「…………どんな、もの」

「そう。食べてみたかったものとか、食べてみたいものとかある？」

「……あ」

「ん？」

「くだものとか……あの、クリームとか、いっぱいのった、パンケーキ……」

ぽそぽそと言われた内容を漏らすことなく聞き取って、向かいに座る皇帝夫妻に視線をやれば、しっかりと頷いていた。

三人ほぼ同時に魔道通信具を取り出すが、ここはティミスに譲ってくれたらしい夫妻はそれを懐にしまった。

なお、三人の行動はナーサディアもばっちり見ていたので、あまりの息の合いっぷりに目を丸くしていたが、通信具でティミスが伝えている内容の方に、すぐ目を輝かせていた。

カレアム帝国お抱えのシェフ宛てに通信を繋いで、ナーサディアが食べたいものを伝えるとすぐ、『お帰りに合わせて出来立てをご用意いたしますね！』と力いっぱいの叫びが聞こえた。出来立てかぁ……と呟くナーサディアの頭を撫でるティミスも、本当に嬉《うれ》しそうで、皇帝夫妻も微笑んだ。

「帝国に行ったら、まずは休憩とか色々を兼ねてお茶会をしようね。その時に、他の宝石姫二人を紹介するよ。ついでに僕の兄上たちや、皇太子妃も併せて紹介するから」

「はい……っ！」

「血は繋がっていないけど、君に兄や姉、妹ができるね」

「迷惑に……」

「ならないから大丈夫！」

即座に否定して、にっこりと満面の笑みをナーサディアに向ける。

「怖がらないで、って言っても難しいかもしれないけど……。本当に僕たちは大丈夫だからね」

あまりに早かった否定に目を丸くしていたが、ナーサディアは思う。

そうだ、彼はこういう人だと。

出会って少ししか経《た》っていないのに、ナーサディアのことをとても大切に、本当に宝物のように扱ってくれて、触れるにも何をするにもすごく優しい。

「……はい。ティミス様のこと、信じて、ます」

自分をあっという間に塔から連れ出してくれた人の手を取った時に、信じようと心に決めていたのだ。

飛んでいる、という実感がないまま、短いような長いような空の旅を終えた馬車は、少しずつ高度を落としていく。

窓の外の景色が空の青一面から、森の木々や平地などへと変化していった。みるみるうちに変わる景色と、がたん、と揺れて地面を走り始めてから伝わってくる馬車の振動が、『外に出たんだ』

と改めて実感させてくれる。

「わ……」

「さぁ、入国だ」

ナーサディアとティミスは、いつの間にかずっと手を繋いだままだった。何となく、そうするのが当たり前のような感じがして。

互いに顔を見合わせ、どちらからともなく微笑む。ナーサディアの微笑みはやはり少しぎこちなくもあったけれど、これまでの彼女を考えれば微笑むということをしてくれているだけでも、相当な心境の変化なのだ。

帝国の入口の巨大な門が、ぎぎぎ、と大きな音を立てて開かれていく。その先に広がる光景に、ナーサディアは目をまん丸にした。

人。人。人。

どうやって集まったのかと問いかけたくなるくらいの、大勢の人。その人たち皆が、笑顔で皇帝専用の馬車に手を振っている。

「え……?」

「皆、貴女《あなた》を歓迎しているのよ。……ナーサディア姫」

「ひ、ひめ?」

ぎょっと表情を強《こわ》ばらせ、恐る恐る馬車の窓から顔を覗《のぞ》かせた。

ナーサディアの姿を認めた人たちが、我先にと大きく手を振り始める。その光景が、あまりに自分の過ごしてきた生活とかけ離れすぎていて、どうすればいいのか分からなくなる。

誰も、ナーサディアを拒絶なんかしていなかった。

「……すご、い」

「ナーサディア、手を振ってあげて？」

「……こう？」

ティミスの言葉に、恐る恐る手を振る。それに応えるように集まった人たちも大勢手を振り返してくれる。くすぐったいような、どうしたらいいのか分からなくなるほどの幸福感のような。

何をどうしたら良いのか分からないけれど、でも、今こうして歓迎してくれているのは事実なのだ。

宝石姫だから歓迎されているのは分かっているが、その立場があったとしても『ナーサディア』が歓迎されている事実は変わらない。

今までならば、きっと卑屈になっていた。

『どうせ私なんかが』、『宝石姫だから良くしてくれる』、と泣いていたのかもしれない。

でも、自分が宝石姫であることも、確かなことなのだから、短期間でいつしか受け入れていた。

宝石姫だからこそ愛されるならば、その分の愛を返したい。ウォーレン王国の貴族たちのような打算的な人ばかりではないと思うから。

笑顔も手の振り方もぎこちないけれど、ナーサディアは周りへと手を振り続ける。

背後からティミスも加わって、同じように手を振る。ナーサディアの分まで笑顔を浮かべてくれ

ているような、満面の笑みで。

馬車の中にまで聞こえてくる歓声の大きさに、ナーサディアはどこかむずむずしたような感覚になる。

「どうしたの？」

「……な、慣れてなくて、……何か……あの、背中が、かゆい、感じ……」

「慣れるよ。僕もいるんだから」

ね、と優しく言われ、ナーサディアは頷く。

この人がいるから、きっと大丈夫だとそう信じているから。

大きく開けた道を進みながらも、ナーサディアは手を振ってくれている人たちへと、手を振り返し続ける。

そして、人が不意に途切れた時、跳《は》ね橋《ばし》が大きな音を立てておろされる音がした。

思わず体を跳ねさせ、窓から離れて困惑したままティミスや皇帝夫妻を見れば、三人とも大丈夫だと言わんばかりの視線を向けてくれていた。どうなるのだろうと思っているうちに、馬車は緩やかに進み始める。

進んで、そんなに時間が経たないうちに馬車が止まる。

扉が開かれると、大勢の使用人たちの姿。一列に勢揃《せいぞろ》いして並び、馬車の出迎えをしている姿はまさに圧巻そのもの。

その中を悠然と歩いてくる二組の男女と、抱えられた幼い令嬢がいた。

あぁ、腕に抱かれている彼女と、女性の片方が、きっと話に聞いていた宝石姫なのだと、見た瞬間に理解した。

腕に抱かれていた幼い令嬢が、男性に何かしら言うと、そっと下ろされる。

幼い令嬢の見た目は全てが薄い青に包まれていた。儚《はかな》げながらも強い輝きを持つ、水の色。

アクアマリンをその身に宿し、水の加護を一身に受け愛される宝石姫。髪の色も目の色も、全て薄い青色で統一されており、きらきらと光が弾《はじ》けるような眩《まばゆ》さがあった。

そしてもう一人の女性。

胸元が大きく開いた淡い黄色のグラデーションがかかったAラインのドレスを優雅に身にまとい、鎖骨の辺りに真円の形をしたトパーズを宿した、地の加護を持った柔らかな雰囲気の人だった。微笑みを浮かべ、目を輝かせている幼い令嬢を優しく見つめていたが、ナーサディアを見つけると微笑みを深くして真《ま》っ直《す》ぐ見つめてくれる。

水の、幼い宝石姫が、ティティール。

地の宝石姫が、第二皇子の婚約者であるファリミエ。

二人とも、ナーサディアの到着を心待ちにしていた代表の二人である。

「……ようやく、会えましたわ。わたくしの可愛《かわい》い妹姫」

た。

「姉姫様！　お会いできて嬉しいです！」

歩みを進めながらかけられた、優しさに溢《あふ》れた言葉。

ティミスに手を引かれるまま歩き、ティティールとファリミエの前に立つと、恐る恐る頭を下げた。

「ナーサディア、です。……え、と……」

「ナーサディア……ディア姉様ね！」

「こら、ティティール。あまりはしゃぎすぎてはナーサディアが驚くでしょう？　ごめんなさい、この子、貴女に会えるのが本当に嬉しくて……ナーサディア……？」

「わ、私……、ここに、いても……良い、んでしょう、か」

震えながら問われた内容には二人のみならず、その場の全員が目を丸くした。

太陽の光を目いっぱい浴びて、きらきらと光り輝くその姿は、身にまとったダイヤモンドが鏤《ちりば》められた、ナーサディアのためだけの特注品のドレスの輝きに負けないほどの神々しさを湛《たた》えていた。そんな彼女が、どうして気後れする必要があるのだろうか。

ティティールはともかく、ファリミエや他の皇族はナーサディアがどんな環境にいたか知っている。きっと、彼女の気後れはあの環境からやってきてしまうのだろうと予想はしていたが、五年以上普通ならば耐えられないような仕打ちを受けて、耐えてきた心の傷はそう簡単に癒《い》えるわけもない。

だから、皆で彼女を肯定する。

「勿論《もちろん》！　ようこそナーサディア、わたくしやティティールの大切な仲間、愛《いと》しき姫よ！」

大袈裟《おおげさ》に見えるかもしれないが、両手を大きく広げ、よく通る声でファリミエは真っ先に已が肯定してみせた。

皇族に認められることも大切ではあるが、まず、同じ境遇にいる自分が真っ先に認めないで、誰がするというのか。

ティティールもナーサディアに駆け寄って思いきり抱き着いて満面の笑みで見上げた。

「私の大切な姉姫様、これからよろしくね！」

「……っ、あ、……」

ただ、嬉しかった。

「ね？　言っただろう？」

背後から聞こえる自信満々のティミスの声。

「ナーサディア、さぁ……行きましょう。今日から、貴女はわたくしたち家族の娘にも、妹にも、姉にもなるのよ」

温かなファルルスの声。真っ直ぐに手を伸ばしてくれている。

そして、皇帝・イシュグリアも続けた。

「ゆこう、ナーサディア嬢。まずは疲れを癒《いや》すためにゆるりと過ごしてほしい」

力強く頷く皇太子や第二皇子。皇太子妃も柔らかな笑みを浮かべてナーサディアを歓迎してくれている。

更に、いつしか顔を上げて、こちらを見て微笑んでいる多数の使用人たちも歓迎してくれているのが分かる。

「はい……っ！」

泣きそうになりながらもファリミエの元に駆け寄って、己の姉となる人の手を取る。ティティールは、ナーサディアの反対の手を、小さなその手できゅう、と握ってくれた。

三人並んで歩くその姿を見て、皇帝夫妻は微笑む。ようやく、あの少女が安らげる場所へと連れてこられた、と。

勿論、ティミスも笑う。

ナーサディアのことを誰よりも先に見つけて、駆け付け、救い出したのだから、自分が目いっぱい愛情を注いで幸せにしなければと、強く決意した。

片や、ウォーレン王国に残された人たちは、戸惑いの中にいた。

彼らが立ち去って、既に半時間は経過したというのに誰も動けないまま、揃《そろ》って床を眺めることしかできていなかった。

宝石姫が去る時、生み出されたほんの小指の先程の小さな魔石。

今もそれは素晴らしい輝きを放っているが、その場にいる貴族たちは明らかにその大きさに対しての不満を持っていた。

だが、彼らがその不満を口にしたところで、何もいい方向には向かわない。それどころか、その原因を作った張本人たちなのだから、不満すら口になどできない。

かといって、侯爵家に対して怒りを向けてもどうしようもない。第三者からすれば皆揃って共犯者なのだから。

しかも、その共犯者には王家の人間も含まれているというとんでもない醜聞。宝石姫を大切にするカレアム帝国の皇妃自ら宣言したように『どうして自分が王国に出向いてまで宝石姫を迎えに行ったのか』については、そう遠くない未来にあっという間に広がってしまう。

「……そもそも、夫人が己の子を差別しなければ」

誰かが呟いた。

「刻印くらい、化粧でどうして隠してやらなかったんだ」

また誰かが呟いた。

至極尤《もっと》もな意見に、エディルは居《い》た堪《たま》れなくなるが、己の行動と思考が今のこの状況を招いている。それには、夫であるランスターも勿論含まれている。夫妻が揃って、ナーサディアを『化け物』だと決めてしまったあの日から、少しずつ狂い始めた歯車。

そして。

「何故《なぜ》ベアトリーチェ様は己の姉妹を気にかけなかったんだ……」

それもまた、至極尤もな意見。

これが一桁の年齢ならばまぁ……というところではあるのだが、もうベアトリーチェも十四歳。

自分で考えられるだけの頭はあるし、そもそも『同じ立場の双子なのにどうして同じ環境にいないのか』というところを気にしなかったのか。

双子ならもっと姉妹の体調を気遣うとかして、より早くナーサディアが苦しんでいることに気付けなかったのか、とざわめきが広がる。

「……ベアトリーチェ……」

「……っ」

咎《とが》められているわけではなく、労《いたわ》られているが、王太子のその声音ですら、今のベアトリーチェには恐怖でしかなかった。

「お母様が……」

「……最終的には母親に責任転嫁か」

誰かに吐き捨てられるように言われた言葉に、かっと顔が赤くなる。

「王太子妃ともあろう人が、いつまでも生家の母にしがみつくとは……とても母上が大好きでいらっしゃる」

クスクスと馬鹿にしたような笑いが、さざ波のように広がっていく。

いつまでも座り込んで立てないまま、ベアトリーチェは俯《うつむ》いていた。

ナーサディアからの完全なる拒絶。

あんなにも仲良しだったのに、と。しかし今色々なことを振り返れば、おかしいことが満載なのだ。

いつも、母が言うことが正しかったから、などとはもう言えない。そもそも母の言うことは根本から間違っていたのだから。

刻印など化粧で隠せばいいのに、そんなことをしては醜聞になるからと幼い子を隔離する。

それは単なる育児放棄ではないのか？　と、今更になって皆が思う。

ナーサディアを守り育てたのは、『家族』ではない使用人たち。そして、彼女をあの塔から連れ出して逃がし、今頃平穏な環境を思う存分与えているのは帝国の皇子。

この国そのもの全てが、ナーサディアにとっては不要なものだと、態度でも言葉でも、教えこまれたような気分だった。まあ、実際わたくしたちはあの子に不要と言われたも同義なのだけれど、と。どこかで冷静なもう一人のベアトリーチェが呟いたような気がした。

そうやって国全体が間違えてしまったことそのものはなくならず、事実が周りへと広がり、信頼は地に落ちるだろう。

そうだとしても、人であるからには、生きていかなくてはいけないのだ。

貴族で領土を持つ者は、己の民を飢えさせる訳にはいかない。民に咎は一切ない。あるのは己たちの傲慢な考えや軽はずみな行動が招いてしまった今この現実の結果のみ。

国王や王妃も、立場を捨てて逃げたところで何も変わらない。

悔しさ。

情けなさ。

そして怒り。

様々な感情がその場にいる人たち全員を包み込んでいたが、国王がようやく重い腰を上げた。

「謝ったところで、我らのやったことは『事実』として広まる」

よく通る声に、ざわめきもすぐに静寂へと変わる。

「失った信頼を回復することが、どれだけ難しいことか。……マイナスに振り切れてしまっては、そもそも回復すらさせてもらえぬやもしれん。だが……」

ぎりり、と拳を強く握った。

「だが、それでも我らは進まねばならんのだ」

「……綺麗事《きれいごと》を……」

誰かが呟くが、誰も否定しない。

「綺麗事だとしても、だ。………我らが、幼き令嬢にしてきたことはなくなりはせん。いくら謝ろうとも、許されることはないだろう」

『普通に愛していれば、鳥の卵くらいの大きさはあった』というファルルスの言葉が頭をよぎる。

去り際にナーサディアが生み出した、小さな魔法石。

それをじっと国王は見つめて、ベアトリーチェへと視線をやる。

「王太子妃よ」

「……っ、……はい」

「我らもだが、そなたにも無論、責の一部はあると理解しておるか」

「……はい」

「無関心だったわけではないだろうが、そなたは己の環境を無意識に守りきったにすぎない」

「……はい」

「そなたは日陰における者に手を差し伸べることは、しなかった」

「……っ」

時折会っていたのに、ベアトリーチェがしたことといえば、ナーサディアに対して愚痴ばかり零《こぼ》していたことだけ。ナーサディアの話を聞かずに、一方的な話ばかりしていたことを、ここまできてようやく思い出す。

いつの間にか、ナーサディアは静かにベアトリーチェの話を聞くだけになっていた。自分の話をしなくなっていたにもかかわらず、それに気付いたのは今この瞬間。

どうしてナーサディアをもっともっと大切にしてあげなかったんだろう、と泣いても時間は元に戻らない。

「ナーサ……っ」

涙が溢れそうになるが、泣いたところでどうしようもない。己の阿呆《あほ》らしさに泣きたくなってしまった、それだけのこと。

「さぁ、これからどうせねばならぬのか、上級貴族の皆は会議室へと向かってくれ。……せめてもの償いができるのであれば、礼を持って尽くさねばならぬ」

◇◇◇◇◇◇◇◇◇◇

それすら許してもらえるか分からないけれど、やるべきことは大量に積み重なっているのだから。

王太子妃として与えられた部屋で、謹慎処分を言い渡されたベアトリーチェは静かに考えていた。

ナーサディアが、宝石姫でなくなれば、自分の元へと帰ってきてくれるのではないか、と。

だって、自分たちは双子なのだから離れてはいけないのだ。

魂を分かちあった、絶対の存在なのだから、ずっと一緒にいなくてはいけないのだ。

捻《ひね》くれ曲った思考回路の中で、この数日間で家族の何よりも大切に愛おしんできたと思い込んでいた己の片割れが手の届かないところに行ってしまったという喪失感は、ベアトリーチェにとってとんでもなく大きかった。


「ダメよ………………ナーサディアは、私の『はんぶん』なんだから」

これまで誰も見たことのないような、薄気味悪さすら感じる微笑みを浮かべて呟かれた言葉を聞いた者は、誰もいない。

あとがき

まずは、この本を手に取っていただきまして、ありがとうございます。作者のみなと、と申します。

内容は最初が少し重たいものではありますが（読む方の捉え方によっては、少しどころではない重たさですが）、お楽しみいただけましたでしょうか。

また、Web《ウェブ》版を連載時から楽しんでいてくださった方はまず、『宝石姫は、砕けない　～毒親にネグレクトされていた私は、帝国皇子に溺愛されて輝きます～』というタイトルに変更されたことについて、驚かれたかもしれません。タイトルに変更はあれど、間違いなくナーサディアとティミスの物語になっておりますので、ご安心ください！

ナーサディアは、顔に生まれ持った刻印のせいで、子供にとってもっとも身近で頼れるはずの親という存在からとんでもない扱いを受けて育ちます。ナーサディアにとってその状況はとても辛いもので、親の怒りや悲しみなど、様々な感情をぶつけられています。

作者自身、物語を構成していく中で何度もナーサディアに対して『本当にごめんよ……！』と心の中で謝罪をしつつ、こうかな？　いや、こうしたらどうかな？　と試行錯誤しながらストーリーを作り上げていきました。

始まりこそ悲惨な運命を歩いていたナーサディアですが、ここまで読んでいただいた皆様ならお分かりの通り、彼女は地獄のような環境から救われていきます。

きちんと、『ナーサディア』自身を見てくれている人たちがいて、寄り添ってくれる。彼女のことを第一に考えてくれる『味方』の存在はナーサディアにとってかけがえのないものでした。

これは物語の中だけではなく、私たちの周りでも言えることではないか、と思っています。

今、辛い思いをしていても、きちんと見てくれている人は、必ずいるはずです。一人きりではなく、誰かが手を差し伸べてくれることがある。そう、思っています。

友達なのか、家族なのか、あるいは恋人か、またはそれ以外の自分自身のことを長い間見てくれている人か。私の想像が及ばないくらい、人と人との繋がりには様々な形があると思いますが、とにかく必ず自分自身を見てくれている人はどこかにいる――ということがこの作品を通じて伝えたかったテーマでもあります。

この作品とナーサディアという主人公を通じて、読者の皆様にとって何か面白さでも楽しさでも前向きになる力のようなものでも、読んでよかったと思っていただけるようなものをお届けできれば幸甚の至りです。

本作は書籍化をさせていただくにあたり様々な方のお力添えをいただきました。

まずはナーサディアやティミスといった作中のキャラクターデザインならびに素敵な挿絵をご担

当くださいました唐崎《からさき》先生には深く御礼申し上げます。

　また書籍用の原稿改稿にあたり本文を丁寧に確認していただいた校閲ご担当の方々にも感謝申し上げます。自分自身では気付けなかったようなミスまで本当に細かくご指摘いただいて誠にありがとうございました。

　そしてこの作品の書籍化にあたり、原稿の修正作業から校了まであらゆる面で支えてくださった講談社のライトノベル出版部の皆様にも御礼を申し上げます。

『私はこういう作品が書きたいんだ！』と突っ走るように執筆を進めていた作品ですが、Ｗｅｂ上にたくさんの小説作品があふれる中でこの作品を見つけてくださったことには感謝の念しかなく、何なら未だに信じられないくらいの気持ちでいっぱいです。

　更にこの作品のプロモーションや営業などに関わっていただいた宣伝部のご担当の方や販売部のご担当の方、そしてこの作品の書籍化を進めるにあたりお世話になりました全ての方々にも重ねて御礼を申し上げます。


　最後に改めまして、本作『宝石姫は、砕けない　～毒親にネグレクトされていた私は、帝国皇子に溺愛されて輝きます～』を手に取っていただいた読者の皆様へ心からの感謝を申し上げながら、筆を擱《お》かせていただきます。

　また、読者の皆様にどこかでお会いできる日がくるよう、頑張ってまいります！

２０２３年８月　みなと

Kラノベブックスf

宝《ほう》石《せき》姫《ひめ》は、砕《くだ》けない
～毒親《どくおや》にネグレクトされていた私《わたし》は、帝国皇子《ていこくおうじ》に溺愛《できあい》されて輝《かがや》きます～

みなと

2023年9月28日第1刷発行

発行者	森田浩章
発行所	株式会社 講談社 〒112-8001　東京都文京区音羽2-12-21
電　話	出版　(03)5395-3715 販売　(03)5395-3605 業務　(03)5395-3603
デザイン	百足屋ユウコ+タドコロユイ（ムシカゴグラフィクス）
本文データ制作	講談社デジタル製作
印刷所	株式会社KPSプロダクツ
製本所	株式会社フォーネット社

KODANSHA

ISBN978-4-06-533586-4　N.D.C.913　259p　19cm
定価はカバーに表示してあります

ファンレター、
作品のご感想を
お待ちしています。

あて先
〒112-8001　東京都文京区音羽2-12-21
(株) 講談社　ライトノベル出版部 気付
「みなと先生」係
「唐崎先生」係

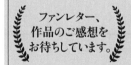